EM PLENA LUZ

TÉRCIA MONTENEGRO

Em plena luz

Copyright © 2019 by Tércia Montenegro Lemos

Grafia atualizada segundo o Acordo Ortográfico da Língua Portuguesa de 1990, que entrou em vigência no Brasil em 2009.

Capa
Tereza Bettinardi

Foto de capa
Geraldo de Barros / Acervo Instituto Moreira Salles

Preparação
Adriane Piscitelli

Revisão
Valquíria Della Pozza
Adriana Bairrada

Os personagens e as situações desta obra são reais apenas no universo da ficção; não se referem a pessoas e fatos concretos, e não emitem opinião sobre eles.

Dados Internacionais de Catalogação na Publicação (CIP)
(Câmara Brasileira do Livro, SP, Brasil)

Montenegro, Tércia
 Em plena luz / Tércia Montenegro. — 1ª ed. — São Paulo : Companhia das Letras, 2019.

 ISBN 978-85-359-3265-2

 1. Ficção brasileira I. Título.

19-27903 CDD-B869.3

Índice para catálogo sistemático:
1. Ficção : Literatura brasileira B869.3

Cibele Maria Dias – Bibliotecária – CRB-8/9427

[2019]
Todos os direitos desta edição reservados à
EDITORA SCHWARCZ S.A.
Rua Bandeira Paulista, 702, cj. 32
04532-002 — São Paulo — SP
Telefone: (11) 3707-3500
www.companhiadasletras.com.br
www.blogdacompanhia.com.br
facebook.com/companhiadasletras
instagram.com/companhiadasletras
twitter.com/cialetras

Aos que vivem sob o sol

Sumário

O CLARO, 9
O QUENTE, 57
O LEVE, 107

O CLARO

1.

Tanta sujeira.

Não posso me impedir de ouvir a voz dele aqui dentro, como se fosse o diabinho da memória. Criticando. Com horror à desordem.

Depois que voltei da viagem, multiplicam-se essas figuras compridas no meu quarto. E sei o que Étienne diria ao me ver com as mãos imundas de argila, o cabelo em tiras grudando no rosto. Talvez ficasse com medo, olhos arregalados como naquela vez em que parou diante da mendiga na Rue de Chaillot, uma velha escurecida, sentada em sacos de roupa. Precisei puxá-lo de lá para que caminhasse, e ainda assim ele demorou para se libertar do feitiço.

Se os físicos têm razão a respeito da constância do tempo, da nossa realização eterna em vários níveis de possibilidade, em alguma dessas faixas invisíveis permaneço lá, com ele. Ando pelo Trocadéro tentando distraí-lo, para que não siga o homem negro que cuspiu no chão nem se imponha fulminante diante do grupo de chineses que domina a calçada. Algo em mim continua às voltas com isso, embora eu — agora em minha própria cidade — queira manter distância de léguas.

Vou continuar esculpindo até achar o poder hipnótico, a força com que os primitivos da caverna talhavam seus bisões. Quero um encantamento para dominar os animais de peçonha, tocar neles e compreendê-los. Passo as tardes escondendo a pele com substâncias gosmentas — o suor também faz parte disso. Aos poucos, os gestos se transformam num tipo de respiração, as manobras para compor as figuras são tão naturais quanto um fôlego. Então penso nos pés, no bom que seria se experimentasse modelar com eles.

A primeira tentativa fracassa; destruí com o dedão a ponta da estatueta e reduzi a uma gosma cada nervura que tinha trabalhado com a espátula. Mas gostei de me levantar bem suja, deixando marcas no piso: círculos manchados, respingos que se espalham na camiseta, nos shorts, provavelmente até nas orelhas, a julgar pelo espanto que provoco, quando atendo a campainha e abro a porta.

O jornalista fica embaraçado com meu desleixo, afinal combinamos um horário, e o tema da conversa não tem nada a ver com arte. Ele ouviu por uma amiga de um conhecido que eu estava em Paris na época dos atentados. Pretende retomar os fatos dois meses depois, com o testemunho de uma, como ele chama, "sobrevivente". Por telefone, expliquei que no dia do massacre eu andava fora da capital francesa — portanto, não podia dizer nada além da experiência de um pesadelo longínquo, o choque e as dúvidas dentro do clima paranoico. Ele respondeu que ótimo; o objetivo era somente uma reportagem sobre quem frequentava a região e pudesse ter estado lá quando tudo aconteceu.

Eu poderia continuar argumentando contra essa proposta, mas Caio tinha uma bela voz e — agora diante de mim — olhos que sorriam apertados, enquanto eu lhe dizia que ficasse à vontade; precisava de cinco minutos para tomar um banho e me arrumar. Saio apressada da sala, sem o cuidado de puxar a cortina que isola o espaço do miniateliê. Dou conta do esquecimento somente quando retorno.

"Vamos a um café?", pergunto, e Caio se vira num susto. Estava debruçado sobre algumas esculturas, e o modo como ajeita a gola da camisa passa um informe telepático. Sei que me observa agudamente, buscando me classificar. Procura um rótulo para essa mulher enfim limpa, dentro de um vestido — essa mulher que atravessa a sala para abrir de novo a porta enquanto ele hesita. Mas isso dura um segundo; Caio logo recupera a aparência profissional e me acompanha.

2.

Eu, que fui a Paris por causa da arte, encontrei o ódio — o de Étienne contra imigrantes, negros, árabes, chineses. Quando vieram os terroristas, eu já havia escapado.

Caminhar pelas ruas de Fortaleza me põe numa exaltada sensação de liberdade. E também me sinto confortável andando com um homem que não se pretende artista nem gênio. Caio tem uma fisionomia calma, e é um repouso estar ao seu lado, nessa inocência em que vamos os dois, porque (enquanto ele não me conhece) posso esquecer um pouco quem sou. O mistério me faz sentir um tipo de sobressalto leve, como quando estamos prestes a tocar uma superfície que pode ser fria ou quente. Tudo será surpresa. Depois, em retrospecto, confirmaremos indícios, pistas que trazíamos; mas é o instante prévio que me interessa. Tenho um líquido à frente: pela sua aparência, não sei se é viscoso ou macio, morno ou gélido. Qualquer resultado me preenche a dúvida, entretanto é a dúvida que me atrai e me faz demorar os dedos antes de afundá-los no balde.

Se Caio perguntasse sobre mim, eu teria por um segundo a

expectativa do desconhecido, exatamente como se eu perguntasse por ele.

Seguimos calados, porém. Temos um líquido à nossa frente.

Não me lembro de um janeiro tão chuvoso. Quando saímos do apartamento espiei pela janela e vi no céu um cinza promissor, mas calculava que teríamos chance de alcançar o café. Um toldo de lanchonete nos salvou da tempestade. Ficamos ali por um tempo. Um suco de acerola, as cadeiras de plástico vermelhas. O silêncio não incomoda; é como se pudéssemos gastar horas em contemplação.

A garçonete pensa que somos um casal ruminando uma briga recente. Desvia os olhos quando a encaro, mas continua no seu posto, recebendo os respingos que ricocheteiam na calçada. Não há outros fregueses, somos a única atração.

As pernas molhadas da garçonete me dão frio, e procuro na bolsa uma legging. É incrível o que carrego por prevenção ou simples fetiche: colares e amuletos, cadernetas, búzios, álcool em gel, pastilhas, um porta-níqueis com centavos de euro e reais, misturados de propósito para me confundir a cada vez que preciso de moedas. Embora não haja um guarda-chuva, encontro a legging e começo a subi-la pelos tornozelos. Caio repara no meu gesto, tenta disfarçar e dispara a falar sobre o clima. Isso esclarece a garçonete sobre nosso ânimo: não estamos brigados, afinal — e ela imediatamente se enfada, sai em direção à cozinha.

É curioso como vestir-se pode ser tão excitante quanto tirar a roupa. De repente o pano desliza, eriça os pelos do braço, dilata os poros. Étienne usava uma blusa de lã alternadamente macia e encaroçada. A trama se construía no contraste, parecendo expandir com o halo de fios encrespando as bordas. Eu o olhava sentado à minha frente, e dos ombros até os punhos ele era uma silhueta em riscado nervoso. Pescoço e cabeça, ao contrário, nasciam no traço cheio, seguro, da carne.

Caio me observou da mesma forma atenta. Embora tenha voltado o rosto para a rua, sei que enquanto fala está seguindo o que faço. Acompanha meu processo de esticar a malha, colá-la às panturrilhas. Vigia discretamente o modo como prossigo, puxando a legging para cima, pelas coxas, e a maneira com que me levanto a fim de subi-la pelos quadris, por baixo do vestido. Nesse instante Caio virou completamente o rosto, mas na fração de minuto seguinte ele me encara:

"E Paris?"

"Vou te contar tudo", digo, "até o que parece inadequado."

3.

Doze dias na capital francesa seriam um investimento de salvação. Uma viagem como alternativa para o desespero: quero resumir assim.

Quando falo do extremo a que cheguei, você pode supor que exagero — mas a minha condição era essa, de um embotamento insuportável. Eu tinha experimentado uma entrega completa, para ver se aquilo passava. No entanto, nada aconteceu, além da minha exaustão (e uma dor bem forte, por baixo do embotamento).

Parece que o sofrimento é uma espécie de animal preparando o salto. Ele ainda me ronda, está aqui e lá, como uma reverberação, e se deixar ele cresce, cresce até virar um tumulto, barulho de pratos, louça espatifando-se, motores ligados, sirenes, explosões. O sofrimento é essa trouxa sonora que desaba se me aquieto. É preciso se proteger.

Então a viagem foi motivada pela fuga. Depois do Zeno, enfiei pessoas e acontecimentos dentro de um grande saco pessimista. Como qualquer homem comum, ele caiu no óbvio; eu me senti tão estúpida que entrei em colapso. O meu emprego foi junto. Mas não é o momento de contar os detalhes. Basta dizer que quebrei as regras que sempre segui, relativas a autocontrole e organização. Como estava sem amarras e também sem teto, decidi aproveitar a primeira circunstância antes de pensar na segunda. Deixei as malas na casa de uma amiga, que me prometeu procurar um apartamento de aluguel, enquanto eu já gastava minhas economias com a passagem de avião.

Viajei sem saber o que faria. Não havia planos, somente uma aposta com o acaso. O começo? Ah, o começo é atordoante. Mesmo se a gente fala de doze dias. Em viagem o tempo acompanha o incomum do espaço; há fenômenos de percepção que dentro da rotina jamais acontecem. Étienne poderia explicar melhor, talvez. Alguma equação deve resumir o grau de probabilidade dos encontros fortuitos — e repetidos — numa cidade com milhões de pessoas. Para mim, só interessa o que se concretizou: o desnorteio por avenidas e museus, com a sensação desde o primeiro minuto de que ali se achava o meu ponto de virada.

A limpeza da mente se tornava uma coisa fácil. Bastava entrar numa cápsula e jogar o próprio corpo a uma distância de sete mil quilômetros. Outra língua, rostos desconhecidos, história e paisagem que em nada participavam da minha rotina. Nenhum pensamento resistia a essa demonstração filosófica: tudo poderia ter sido — ou seria — diferente.

Eu me deixava levar pelas vontades. Abria o jornal logo cedo, no café da manhã do hostel, e escolhia exposições ou percursos de passeio. Saía com caderneta e câmera, porque a ideia de uma pesquisa parecia justificar as perambulações. Mas não somente fingia estar ali com um propósito: eu de fato buscava um rumo. Meu ofício de fotógrafa nunca me trouxe realização; eu era mais uma burocrata das imagens, trabalhando em eventos sociais, caindo em repetições técnicas.

Enquanto fotografava noivas e bebês, desistia dos experimentos que gostaria de fazer. Alguns eram ultrapassados, como as colagens surrealistas, por exemplo, ou a solarização do Man Ray — mas por que eu não poderia testar? Pensando nesse último, em certo instante da viagem lembrei uma série de modelos matemáticos que ele havia registrado, acho que na década de 1930. Uma pesquisa na internet me esclareceu que os objetos, esculturas feitas para provar — ou materializar — cálculos complexos, continuavam expostos no Institut Henri Poincaré. E foi desse jeito que, na manhã do meu segundo dia em Paris, saí disposta a encontrar aquelas peças.

O hostel ficava nas proximidades do Museu de Cluny. Com um mapa, tentei me guiar até a Rue Pierre et Marie Curie, mas, pela característica que me predispõe às confusões geográficas, andei em círculos, passando repetidamente diante de um parque onde ouvia crianças aos gritos nos escorregadores e balanços por trás de espessas folhagens. Dali saiu um homem, sozinho e com o andar apressado de quem carrega documentos importantes. Mesmo temendo uma grosseria em resposta por importuná-lo, arrisquei pedir informação.

"Pierre et Marie Curie?", ele perguntou, as sobrancelhas se arqueando — e, em seguida, um sorriso: ia justamente para lá. Se eu quisesse, poderia segui-lo.

Assim tudo começou. Étienne era matemático, trabalhava com o famoso Cédric Villani. Como seria possível que eu não o conhecesse? Qual o meu interesse, então, pelo instituto? Eu tentava eleger uma resposta que parecesse mais sensata do que a escolha intuitiva pelos objetos fotografados por Man Ray.

"Sou escultora", falei. E foi de improviso, porque na época eu não esculpia nada. Mas evitei me definir como fotógrafa, profissão que associava ao meu passado.

Chegamos ao instituto em pouco tempo, mas durante toda

a caminhada Étienne falou sem parar, e eu tinha a impressão de que havíamos marchado por pelo menos uma hora. Quando nos despedimos, em frente à escada que se abria para um interior cinzento, eu estava — admito — impressionada com aquele homenzinho vibrante, em nada parecido à ideia que eu fazia de um matemático.

Depois, quando tornei a encontrá-lo e soube mais detalhes da personalidade do seu chefe, suspeitei que Étienne imitasse a maneira efusiva com que Cédric costumava se apresentar. Ou o entusiasmo seria uma semelhança autêntica, o elemento que os aproximava. Mas isso não significava que Étienne também não fosse recluso; a expansão até favorecia o modo como ele se colocava à parte. Os gestos enfáticos, as palavras, os gritos — tudo iria me revelar certa ânsia de se excluir do resto social.

Na hora em que contemplei os modelos na vitrine do instituto, não sabia de nada disso, nem esperava topar de novo com o desconhecido que tinha apenas me dado uma informação. Concentrei-me nos objetos. Vários pareciam ampulhetas; outros eram miniaturas de estradas futuristas. Fios brancos e vermelhos se cruzando, pequenas contas espaçadas como numa pulseira, tensão e elegância: feito alguém que se espreguiça, se estica, a malha das circunvoluções sustentava delicadas geringonças.

Havia obras que lembravam instrumentos de navegação — e algumas, curvas de uma paisagem de Magritte ou De Chirico. Sobretudo uma em especial: certa espécie de minhoca retorcida, de madeira, com as duas extremidades vermelhas; a primeira, bem inchada, parecendo uma glande. Tive um arrepio. Acho que ali começou o meu projeto para as esculturas. Eu descobria uma matemática sensual, com suas espirais previstas, suas elipsoides desenhadas em ovos de mármore, paraboloides elípticas e hiperbólicas. Além disso, a série de objetos com buracos, túneis ou orifícios parecia tremendamente erótica. Devo ter gasto duas horas naquela sala absurda onde o silêncio pairava, apesar da presença de estudantes e pesquisadores curvados sobre as mesas. Todos ignoravam a tensão orgânica dos modelos nas vitrines; era como se dentro de uma igreja houvesse redomas guardando genitálias — e as pessoas rezassem, habituadas.

Antes de terminar a visita, peguei cartões com as fotos do Man Ray. Nem perguntei se eram gratuitos; estava exausta e simplesmente escolhi um postal de cada imagem no expositor ao lado de uma estante com livros sobre Duchamp, Ernst, um compêndio sobre De Stijl e o *Dictionnaire de l'objet surréaliste*.

4.

A chuva parou, deixando o céu com o jeito congestionado que os rostos têm depois de chorar. Eu me calei, e Caio tentou puxar os fios do tema que lhe interessava:

"Então, isso foi quantos dias antes do atentado?"

"Sete", respondi. "Mas preciso contar muitas coisas. Sobre Étienne, porque ele foi o responsável pela minha fuga. Não digo salvação; era improvável que eu fosse ao Petit Cambodge ou ao Bataclan. Mas Étienne ainda assim foi o motivo para eu ter fugido de Paris."

"Fique à vontade", disse Caio — mas notei que espiava o relógio enquanto fingia examinar as unhas.

"Vou pular umas partes."

"Ah, não. Quero ouvir tudo. Mas é que hoje... tenho que fechar outra matéria no jornal. E se a gente continuasse amanhã?"

Amanhã. Um novo dia com ele. Foi o que pensei, embora na ocasião nem considerasse bem o meu desejo. Mas Caio se levantou, e então reparei que era mais alto do que eu, a medida necessária para que se fizesse um traço oblíquo, digamos, do ponto exato de suas pupilas até a linha das minhas sobrancelhas. Nossos rostos se conectavam dinamicamente, se é possível explicar dessa maneira.

Com Étienne, não. Tínhamos a mesma altura. O olhar mútuo virava uma paralela, uma reta veloz e violenta. E Zeno, baixinho, sempre me deu a sensação de que conversava com minhas orelhas. Fizemos poucos passeios — na maior parte do tempo, só o trabalho nos aproximava. Ele dizia que gostava de me ver *em ação*, cruzando a igreja com saltos altíssimos e absurdamente silenciosos. Eu usava um vestido preto que parecia me garantir o dom da invisibilidade: passava por trás do altar para mirar o perfil dos noivos, ajustar o foco, fazer o clique.

Na época, respondi que a sua limusine me dava um incrível tesão.

Isso foi uma absoluta inverdade logo que o conheci. Eu estava apenas interessada num contato profissional, alguém que pudesse repassar os meus cartões de visita para clientes. De fato, eu sentia nojo daquele circuito de sonhos consumistas. Uma limusine representava o máximo da ostentação — o gesto imperioso de incomodar, ocupar espaços. Quando alguém desfilava no carrão de oito metros, os outros se obrigavam a dar passagem. Eu nunca seria atraída por tamanho símbolo de poder. Mas conviver com Zeno, perceber a forma com que a limusine virava um brinquedo, um artifício dentro de um jogo comercial, aos poucos foi me transformando.

Zeno falava que manobrar as ilusões alheias pode ser uma vingança. As armas do próprio sistema são usadas contra ele. É claro que eu discutia a validade da nossa atitude (porque continuava a endossar os eventos que criticava, ao fotografá-los). Porém, com o tempo fiquei quase convencida de que éramos uns anarquistas disfarçados. A disposição para desprezar o mundo do qual dependíamos foi nosso elo. Justificou minha paixão e me fez morar com Mister Z.

Acho que dentro da bolsa, dentre tantas coisas confusas, conservo uma propaganda. Não preciso conferir, porque lembro perfeitamente. A última letra do alfabeto rasga, na imitação de um relâmpago, o centro do panfleto. Atravessa a palavra "limusine", criando um erro gráfico que tive o impulso de corrigir. Mas três mil panfletos foram impressos com aquele equívoco dourado, um raio cintilando para anunciar o serviço especial para casamentos. Calei, então, e cumprimentei o tal "Mister Z — Zeno, ao seu dispor", que me abria a porta com uma reverência, tirando um chapéu imaginário. Aos poucos, fui simpatizando com sua autoconfiança que beirava o ridículo.

Conversamos muito naquela tarde. "Querida Lu, pelo seu trabalho", ele dizia, enquanto folheava o meu portfólio, "você vai ser a fotógrafa mais recomendada."

O escritório era uma sala ínfima, que mal acomodava a mesa e duas cadeiras, além de uma estante embutida — mas, ainda assim, o aluguel de um espaço tão bem localizado, na avenida Beira-Mar, devia superar qualquer valor que eu arriscasse.

Na época, não desconfiava que Mister Z fazia seu jogo de mentiras inclusive nesse aspecto. O escritório era de um cunhado, que dava atendimento místico no local. Quando queria impressionar um cliente (ou uma provável parceira), Zeno negociava um horário livre com o guru, trocava a plaqueta na porta de entrada, enfiava incenso, cristais e outras decorações zen dentro do armário, de lá tirando revistas automobilísticas e fotos de sua limusine.

Ele posava de empresário na hora do contrato, desfiando elogios ao próprio negócio — mas no trabalho noturno substituía a gravata por um fraque de motorista, um quepe; às vezes até usava bigode postiço. O disfarce era inútil, porque obviamente os noivos estão ansiosos demais para reparar na fisionomia dos contratados. Zeno, porém, fazia questão da mudança de papéis: "É preciso manipular as ilusões, Lu", ele dizia, e eu nem imaginava o alcance das suas palavras.

5.

Quando chego em casa, esvazio a bolsa sobre a cama, mas não olho o seu conteúdo. Tenho o impulso de voltar às esculturas, conferir se alguma delas foi inspirada em Zeno. Felizmente, não. Há quatro peças prontas. Cada uma tem sua dimensão específica, mas todas parecem irreais. Penso que a próxima deveria ser minúscula, do tamanho de um comprimido. Assim, caso tudo desse errado, eu a reservaria para o final: uma pílula de argila suicida.

Sorrio com a ideia. Aquilo não me mataria, e eu tampouco cogitava uma fuga desse tipo. Não estava apostando em nada com minha atividade artística, e, se ela parecia avulsa, longe das perspectivas de sucesso, isso não significava que fosse ruim. Nem dispensável. Eu buscava uma definição para ela, mas por brincadeira. Agora, por exemplo, enquanto molhava as mãos para seguir com a modelagem, ia elaborando sentidos possíveis.

Uma forma de dominar serpentes. Um trabalho ancestral. Ritos mágicos que celebram a potência. Eu elaborava frases como slogans, para uma reportagem sobre minha hipotética estreia numa galeria particular. No dia do vernissage, ficaria silenciosa, enquanto os fotógrafos — ah, os pobres! — se amontoavam para espocar flashes na minha cara, e um pouco mais atrás os críticos — ah, os sórdidos! — posavam de misteriosos e mais inteligentes do que eu. Vagando por entre os pedestais pálidos, acompanhavam dondocas, que em voz baixa perguntavam se *aquilo* caberia na decoração do loft recém-comprado.

Eu montava manchetes e cenas para criar um ritmo, como quem põe música para se distrair da tarefa de guiar um carro. Funcionava tão bem que as horas passavam de modo incrivelmente rápido. Eram oito da noite quando o telefone tocou e saí do transe, o vestido e a legging manchados. Limpei a mão num trapo, antes de ouvir a voz de Alícia.

Ela e Igor se conheceram na época em que comecei a trabalhar com Mister Z. Quando fui morar na casa dele, Alícia ficou noiva. Agora está grávida, e encontrá-la me faz pensar num calendário alternativo: os acontecimentos que poderiam ser os meus, num jogo de reflexos que acompanha certas amizades. Mas não — Alícia *não é* o meu espelho de outras possibilidades. Em qualquer alternativa eu seria diferente, decido, enquanto atravesso o segundo quarteirão que falta para o apartamento dela.

Sinto-me estranhamente apresentável. Na meia hora anterior, tomei banho, troquei de roupa, prendi o cabelo e até fiz uma maquiagem. Coisas obrigatórias quando se vai encontrar amigos advogados: na própria casa, estarão mais elegantes do que eu, circulando entre mesinhas com tampo de vidro, sem um grão de poeira. Alícia deixou de trabalhar faz um mês. Graças ao tempo livre, ela me disse, achou com tanta rapidez o apartamento que alugo. Quando voltei da França, já havia um contato me esperando, um corretor de imóveis que era, claro, cliente do escritório de advocacia. Há os favorecimentos da sorte — comentei — e há as ironias. Alícia, a poucos dias de parir, continua menos volumosa que o marido.

"Igor preparou as pizzas", ela anuncia logo na entrada, com os beijinhos de praxe. O último jantar que teremos antes da presença externa do filho. Dali para a frente, haverá mais um: alguém que, mesmo confinado a um berço, num quarto, vai dispersar as atenções. E anos depois essa pessoa repartirá os assuntos com sua vozinha infantil gaguejando histórias ou pedidos. Vai crescer e talvez se tornar um pouco tímida — mas os pais a empurrarão até as visitas, exigindo que conte sobre a escola, as aulas de caratê.

Não perguntei a Alícia como lidará com isso. Ela, minha amiga desde a infância, deve pensar a respeito, meditar sobre o arranjo que sua vida sofrerá: uma prioridade acima de todas chega. E, sem admitir descanso, ficará como prioridade fixa por um longo tempo.

Sentadas no sofá, falamos sobre o nome do bebê. A primeira definição da existência — ou o seu paradoxo, no caso de Igor. Ele irrompe na sala, com dois discos de massa fumegando nas bandejas. O contraste entre sua aparência e seu nome é extremo: uma palavra curta, com a vogal do começo anunciando uma silhueta fina. Mas então, quando ele abre os braços, estouvadamente convidando para o jantar, de repente compreendo. I*gordo*. A associação me tranquiliza como se tivesse acabado de superar um grande medo.

Ocupo o lugar em frente à pizza com a satisfação de quem matou uma charada. Quando o casal inicia as perguntas sobre a França, digo: "Paris antigamente se chamava Lutécia. Não é engraçado? Lembra o meu nome". Mas eles não acham interesse nisso, de modo que passo a falar sobre o jornalista, a entrevista que comecei a dar, o meu testemunho do terrorismo:

"Testemunho inexistente, vocês sabem."

"Ah, mas você tem uma vivência ligada ao episódio. Mesmo que, graças a Deus, não seja direta", diz Alícia, acariciando a barriga.

"Foi mais ou menos o que o Caio falou."

"Caio?"

"O jornalista."

Os dois trocam olhares, entre uma garfada e outra. Igor termina de mastigar com afobação, para esclarecer:

"Nós tínhamos pensado nesse nome para o bebê."

"Significa alegre, feliz. E tem origem latina", completa Alícia.

"Pois é", resmunga Igor. Ficam os dois silenciosos, nostálgicos do nome que o filho jamais terá, por um motivo que deixam de me dizer. Resolvo continuar:

"Marcamos outro encontro. Esse não foi suficiente para eu contar tudo."

Igor riu, brincando com a ideia de que, se eu realmente tivesse um testemunho, passaria um mês dando entrevista. Levantou-se para buscar uma garrafa de água e, aproveitando a oportunidade, Alícia se debruçou na mesa:

"Você não vai contar *tudo* para um jornalista!"

"Por que não?", sussurrei de volta.

Ela franziu as sobrancelhas em resposta. Igor voltava da cozinha, agora conduzindo a conversa para temas do escritório, anedotas que em geral só ele considerava curiosas. Ainda assim nós rimos, porque era bom vê-lo se divertir, sacudindo o corpo com vontade, os olhos lacrimejando de tanto dar risada.

Eu não disse a Alícia que tudo, tudo, a gente não conta nunca. Nem para ela contei. Suprimi a parte de Jean, por exemplo, o detalhe que Mélanie revelou na noite em que estávamos jantando, pouco antes de chegarem as notícias sobre os atentados. Depois pareceu haver uma bizarra conexão entre o assunto — que afinal envolvia morte — e os acontecimentos que passaríamos a noite revolvendo, através das notícias.

Não convinha, realmente, comentar com Alícia que o irmão da mulher que me hospedara tinha nascido de mãe póstuma. Eu nem precisava estar grávida para me impressionar com a ideia: um corpo sofre um acidente e, por qualquer desarmonia da natureza, morre apenas pela metade — morre o cérebro, a consciência ou a alma. O resto segue funcionando, o sangue com o seu ritmo, os órgãos quentes, as células iludidas no trabalho da vivência. Só a cabeça apaga — como uma lâmpada que pifa e não altera o serviço dos operários.

Na parte de baixo, acontece de o corpo conter outro, alguém que de tão miúdo se enrola sobre si mesmo. Para esse, que não cresceu o bastante a ponto de se distanciarem os seus extremos, qualquer acidente afetaria o inteiro. Bastaria o peso de uma mão para esmagá-lo.

Jean persistiu quase um mês nesse útero imóvel, como se treinasse para a frieza da incubadora. Os médicos não tinham esperança de salvar a mãe; somente davam mais chance a ele, adiando o parto que de todo modo teve de ser prematuro, porque havia limites de resistência para a situação. Mélanie disse que na época tinha seis anos e lembra com perfeição cada visita que fez ao hospital.

Os tios com quem passou a morar a levavam, muito sérios e silenciosos, para que visse o volume cheio de tubos e fios, eternamente deitado. O único prazer era o instante de ser levantada nos braços para alcançar a visão através do vidro. O tio então falava: "Ali dentro está o seu irmãozinho, que logo vai nascer". Ninguém lhe mencionava a mãe. A mãe já não estava; era apenas uma cápsula que continha o irmão.

Eu também pensei que os olhos de Mélanie, injetados enquanto me falava, pareciam cápsulas. *Cadaver natus*, ela comentou. Nascido de um cadáver, Jean. Aquilo o tornava especial — frisou Mélanie. Tristonho. Introspectivo. Como quem foi gerado numa espécie de ataúde.

6.

Mélanie morava em Liège havia vários anos. "Uma eternidade", conforme dizia, suspirando. "Em alguns momentos a gente se pergunta se de fato está no Ocidente", completou, enquanto arrastava por milímetros uma joia no expositor.

Eu chegara à cidade com o endereço da loja na En Neuvice; não foi fácil encontrar o local, numa das estreitas ramificações da Féronstrée. Então ali estava, exausta e sem bagagem, esperando que aquela desconhecida desse por encerrado o turno e saísse para o almoço. Meia hora depois isso aconteceu, e fui convidada a acompanhá-la. Embora preferisse um banho e a possibilidade de descansar, considerei que não comia algo quente havia muito tempo, talvez um dia inteiro. Sem contar que também não tinha grande escolha: não podia pedir a chave da casa de Mélanie e seguir para lá, sozinha.

Caminhamos poucos passos até a Casa Ponton, onde aparentemente faziam as melhores *tortillas* da Bélgica. Não refleti sobre a opção culinária; sentei numa das cadeiras sob o toldo verde e fiquei anestesiada. Mélanie fez os pedidos ao garçom e, logo em seguida, passou a falar sobre assuntos diversos, política, as crianças do Senegal, o inverno que se aproximava, as unhas postiças que precisava trocar, o cabelo ressecado — coisas que só devia resolver em Paris, quando viajasse dentro de duas semanas. Aliás, ela e Jean eram parisienses. Jean nunca tinha saído da capital francesa, mas ela *precisou* sair, porque o custo de vida, afinal, não era um charme, e jamais conseguiria vender suas echarpes e chapéus na Champs-Élysées, sejamos sinceras.

"Não cheguei a andar por essa região", respondi, após terminar minha *tortilla*.

"Verdade? E o que você fez em Paris?"

Por um instante, pensei em citar os museus, mas estava tão cansada que desisti:

"Conheci um homem horrível e fugi dele."

Mélanie deu uma risadinha.

"Todas precisamos fazer isso às vezes" — e de repente tomou o último gole, comentou que aquela cerveja iria lhe arruinar o estômago e foi se levantando, deixando sobre a mesa umas cédulas que nem olhou direito. "Vamos embora", anunciou.

O Impasse de l'Ange era um resquício medieval — mas não o único — de Liège. Uma rua sem saída, um beco com a estreita entrada em forma de arco rebaixado, do tipo que se usava para impedir o ingresso de homens a cavalo. Ficava perto da Citadelle, com sua impressionante escadaria, iluminada nos dias de festa com velas em zigue-zague postas nos degraus. Todas as casas por ali eram antigas e, exatamente por isso, bem valorizadas. A de Mélanie, por dentro, provocava um choque de modernidade: de cara, uma cozinha high-tech expunha seus brilhos metálicos. Era preciso subir um lance de escadas até a sala, outro até um dos quartos, e na sequência mais um para o quarto de hóspedes. No último, ficava um depósito cheio de cabides com modelos de chapéus, baús e suportes para colares, anéis e acessórios que mal enxerguei. Estava louca para me jogar na cama e agradeci ao infinito quando Mélanie terminou de apresentar os cômodos.

Dormi oito horas seguidas e teria ultrapassado essa meta se os barulhos propositais de Mélanie, voltando do seu segundo expediente, não tivessem me acordado.

"Olá, garota", ela disse, quando apareci tropeçando pela escada. "Pronta para sair? Temos um evento interessante na universidade."

7.

Quando sentei numa cadeira do auditório da ULg, levava a sensação engasgada de me sentir à mercê. O pescoço com um nó, colarinho invisível ou coleira. Eu era puxada por alguém: repetia-se a angústia que tive no metrô parisiense, com os gritos de Étienne. Na ocasião, corri pela plataforma e entrei no veículo que já apitava o fechamento das portas. Era impossível fazer o mesmo com Mélanie — e o motivo nem era tão grave, uma palestra que de fato se revelou curiosa. Mas experimente impor uma ideia, qualquer que seja, a alguém que escapou recentemente de uma violência. O impulso fugitivo se instala.

"Você está com dor de garganta?", Mélanie sussurrou ao meu lado, e só então afrouxei os dedos, liberei as mãos daquela força improvisada.

"Um pouco", respondi, e o ato de falar milagrosamente me relaxou. Larguei os braços, curvei os ombros. Fiquei disposta a observar a palestrante, contar quantas vezes seus olhos piscavam, o número de pigarros que daria — mas o assunto foi dominando meu interesse. Quando ao final Mélanie me chamou para apresentá-la, estava sinceramente satisfeita.

Vinciane se definia como uma observadora dos observadores de animais: era uma filósofa atuante através de livros e pesquisas. Eu a via no terninho furta-cor, criando um efeito caleidoscópico com seu rosto bronzeado. Ela piscava muito e repuxava os cantos da boca; os vincos surgiam a cada segundo, numa espécie de contração involuntária. Mesmo depois, quando Mélanie e eu a acompanhamos ao Diode, em frente à universidade, não perdi meu fascínio. Bebemos aperitivos, e ela continuava falando, desenvolvia as ideias em torno de uma experiência com o cavalo que sabia contar. Sem querer, lembrei de Étienne, e talvez tenha sorrido: metaforicamente, ele também era um *cavalo* que sabia matemática. Mas Vinciane falava sobre animais; sua voz rouca não deixava espaço para interrupções, embora Mélanie se empenhasse em furar a conversa com perguntas e comentários. Eu prosseguia muda, concentrada naquele rosto, a cabeça triangular, e a pele — agora sei — numa consistência brilhosa, parecendo uma escultura envernizada.

Mélanie e Vinciane eram vizinhas. Quando saímos as três, caminhando rumo ao Impasse, compreendi o vínculo que aproximava uma elegante vendedora de chapéus de uma filósofa especializada em bichos. Os encontros mais estranhos seguem a lei das probabilidades, diria Étienne — mas eu me perguntava se esse princípio previa igualmente os afastamentos e as decisões contrárias: eu me perdendo na multidão, correndo para entrar num vagão que não sei para onde vai. Recuso a continuidade de uma história entre o matemático e a escultora (no futuro, eu já era uma, sim), mas faço isso de propósito, por livre escolha, ou apenas obedeço a uma lei superior?

8.

A voz de Vinciane Despret vibrou dentro da minha cabeça, a memória do seu timbre rouco, que escutei por horas no dia anterior, durante a palestra e a conversa no café, estendida até sua casa. Tinha a impressão de que ela estava lendo para mim, à medida que eu passava a vista pelo seu livro de capa branca, com um desenho infantiloide de um gato ao lado de um cachorro. Na Bibliothèque Chiroux, a poucas quadras da universidade, eu encontrara aquele título, sugerindo um misto de conciliação e ameaça: *Quando o lobo morar com o cordeiro*.

Eu iria pensar algumas vezes nessa frase, fazendo ligações entre ela e o terrorismo, ou entre mim e Étienne, ou Zeno — mas sempre incomodada com a ideia polarizante de carrasco e vítima. Os comportamentos nunca são simplistas, mesmo numa sociedade animal. Vinciane defendia justamente esse ponto, conforme percebi pelos fragmentos que pescava, em páginas viradas ao acaso.

Os paradoxos. A contradição, que pode ser profunda. Muitas camadas escondidas sob um terreno. Muitas atitudes possíveis em alguém. A própria Vinciane em determinada altura da conversa havia apontado a gaiola com os canários em sua casa e disse que estava farta de ser confundida com ativista simplesmente por escrever sobre animais:

"Então, certa vez, vieram umas senhoras querendo que eu desse entrevista para uma revista de culinária vegana. Eu disse: 'mas vocês veem esses pássaros na minha cozinha? Eles ficam aqui não porque eu goste de ouvi-los cantar, mas porque é mais prático pegar um quando quero, torcer o pescoço e depois fritar'."

Devo ter ficado tão horrorizada quanto as mulheres da revista, porque Vinciane riu, riu enquanto mordia o cigarro eletrônico, à maneira de um velho marinheiro. Mélanie suspirou, empurrando a taça de vinho sobre a mesa; já devia ter escutado aquela história antes, então esperou que a vizinha encerrasse o assunto, com as frases provavelmente habituais: "Não como os meus canários. Mas também não sou vegetariana".

Levei mais de uma hora lendo. Não podia levar nenhum livro: o comprovante de endereço exigido para fazer uma ficha era um impedimento. E, ainda que Mélanie desse algum tipo de declaração, confirmando que eu me hospedava em sua casa, quem iria emprestar coisas para uma pessoa com viagem marcada para dali a três dias? Entretanto, a Bibliothèque Chiroux seria um bom motivo para que eu desejasse prolongar minha estada.

Lógico que não se comparava às grandes bibliotecas da França ou da Inglaterra — mas o último setor à esquerda era totalmente dedicado a histórias em quadrinhos, e logo na entrada eu tinha visto seções para o empréstimo de filmes e CDs: longas estantes de cor bege, em fileiras. Por ali se demoravam idosos, óculos na testa enquanto liam informes de um álbum — talvez do Wim Mertens, o belga que Vinciane tinha posto para tocar baixinho em sua casa, e que a noite inteira teve sua música cruzada pelas notas soltas dos canários. "Ele é maçom", ela disse, como se a informação justificasse o estilo minimalista.

Os idosos — aprendi naquele dia — dominavam Liège. Quando um pouco mais tarde subi ao terceiro andar da biblioteca para fazer uma refeição no restaurante, a fila me desanimou, mas ainda assim fiquei atrás de um senhor, e foi então que entendi a que ponto chegava a predominância das cabeças brancas.

Todos pareciam olhar para mim, a única mulher sem rugas excessivas, olhos amiudados, costas curvas — e olhavam com certo constrangimento, virando-se para me espiar na fila. Cochicharam entre si, acho que ouvi risadinhas, até que uma senhora largou o seu posto lá na frente, veio em minha direção, puxou meu braço:

"Venha para o começo, fique no começo."

Protestei, disse que não, estava tudo bem. Ela insistiu e perguntei por quê, por que deveria passar na frente, qual era o meu privilégio.

"Você é jovem, deve ter pressa. Nós temos todo o tempo do mundo", falou.

Fiquei chocada com uma regra que me pareceu imposta às avessas, mas que afinal tinha lógica dentro da cidade. Em Liège, os jovens eram minoria, precisavam de espaço assegurado.

Recusei a prioridade, garantindo que estava ali a passeio. A senhora me encarou um segundo e saiu resmungando, mas o resto da fila pareceu se tranquilizar de imediato, esquecendo minha presença. Passei intimamente a chamar o restaurante de Chez Les Vieux. No dia seguinte, também almocei por lá.

9.

E agora em Fortaleza pego minha bicicleta para ir à redação do jornal. Caio pediu que eu chegasse por volta das dez — "Um fotógrafo vai fazer o seu retrato para a matéria". Entro numa sala com dezenas de pessoas atrás de computadores, como se fossem viciadas em jogos. Espero dois minutos, até que alguém repare em mim.

"Posso ajudar?", diz um senhor de óculos pesados, crachá que não consigo ler.

Explico minha presença. Ele grita por Fernando. Em pouco tempo, estou diante de uma câmera, em outra sala, menor — um cubículo, na verdade. Caio aparece depois de uma dezena de flashes. Dessa vez segura uma caderneta, o que sinaliza profissionalismo (da parte dele) e exigência de concentração (da minha parte). O fotógrafo se despede, sai da sala. Tento começar: "Certo. O dia dos ataques".

E me concentro no rosto minúsculo do retrato no crachá. Converso com essa miniatura do jornalista à minha frente, uma estratégia contra o nervosismo.

Nesse dia, eu estava bem longe de Paris. E jantava com Mélanie, quando as notícias começaram a ferver nas redes sociais. Nunca vou esquecer sua expressão inchando — olhos, boca e bochechas que não paravam de inflar, enquanto ela apontava o telefone, deixava que eu visse a manchete por um milésimo de segundo antes de puxar de novo o celular para si. Palavras soltas e garfadas, mastigação ansiosa. Mélanie não era gorda, muito pelo contrário; tinha um queixo anguloso, braços finos. Mas eu a via se arredondando de pavor, murmurando quase engasgada:

"E Jean. Jean que não responde."

O irmão estava a salvo no bar da Madeleine. Às dez da noite, inclusive, já teria começado o trabalho, preparando drinques com gestos de dançarino triste. Anastasiya poderia ter ido ao seu encontro — e ela sim, corria o risco de passar perto de um assassino. A linha 7, que pegava nas Arènes, ficava a meia hora do Bataclan e ainda mais perto do Petit Cambodge, o restaurante onde os clientes foram varridos por metralhadoras.

Imagino Anastasiya com seus saltos ressoando no piso subterrâneo, apressada e voraz, passando pelo lugar onde estive por um instante paralisada, enquanto Étienne gritava com a funcionária do metrô. Eu também me apressei — mas naquela ocasião (como agora) usava tênis — e corri, corri com os cadarços se soltando, um susto para me desvencilhar, entrar no primeiro transporte que apitava o sinal de fechar portas.

Apenas quem fugiu alguma vez, com o instinto de um bicho perseguido, pode supor a reação das vítimas. Correr, escapar, agachar-se num canto e, rápido!, experimentar esconderijos com a pupila dilatada, o coração de um atleta alertando todos os nervos — e as mãos que viram garras, o corpo elástico arranhando-se nos escombros, cobrindo-se de poeira, mutilando-se sem dor. A dor vem somente depois. Depois da euforia de saber-se salva, gargalhando descontrolada entre passageiros atônitos. A dor sucede ao alívio: é o entendimento do que aconteceu.

Eu me inclino para refazer o laço no tênis. Por baixo da mesa, vejo os sapatos marrons de Caio: cruzados com elegância, sem nenhum tremor de impaciência. Apesar disso, suprimo os detalhes que estou imaginando, silencio sobre pessoas de quem não lhe falei. Tento me fixar nos fatos — e a verdade é que me sinto pobre de dados específicos. Após o jantar com Mélanie, quando finalmente ela se tranquilizou com a voz do irmão atendendo o celular em Paris, não houve grandes transtornos. Passamos a noite em sua casa, hipnotizadas pelos informes na televisão.

A cada noticiário um detalhe surgia: a opinião de um especialista, a entrevista com um sobrevivente, o vídeo feito por um amador... Cada chamada trazia ínfimos acréscimos que nos alimentavam com algum raciocínio, um passo a mais na escadaria da compreensão (e quem compreende parece estar seguro), mas é claro que tudo era ilusório. Era um vício, uma adrenalina inútil que seguimos ativando até o começo da madrugada, quando me confessei exausta e subi para o quarto. Mélanie dormia no sofá.

A repercussão dos atentados amanheceu forte. Em Liège, cidade de velhos, a polícia se postou em duplas nas esquinas. Mas em Bruxelas seria pior — desde que se cogitou que Salah Abdeslam ali se escondia, o Molenbeek virou território de espionagem, com o pânico se ampliando para outros bairros. Mas essas são notícias recentes, que me influenciam sobre o passado, fazem com que eu perceba detalhes que invento.

"Como assim?", preocupou-se Caio, parando com as anotações na caderneta.

"Quero dizer que minha experiência não foi direta", suspirei. "Aliás, já tinha avisado..."

"Não precisa inventar. Fale sobre o que você viu e viveu. É o que me interessa."

10.

A matéria se transforma. Talvez seja esse o pior impacto: perceber que um corpo é feito de fragmentos, a qualquer hora reduzível a estilhaços. Então, a bomba é o veículo, a velocidade cruel que nos separa a identidade. Pessoas viradas em retalhos, com a carne mutante, extremidades novas, em cinza e vermelho. Ali onde havia um braço, existe um toco chamuscado. Pés pulverizados e rostos pacíficos. A natureza piedosamente anestesia, em meio ao horror. Para que, por um triz, se morra com alívio, um cansaço, desmaio. Os que sobrevivem — esses, sim, sofrerão. Até o infinito.

Eu pensei que, se ainda fosse fotógrafa e ali estivesse — na rua, circulando pelo alvoroço —, mesmo que sentisse acusticamente o frenesi dos gritos e choros, mesmo que reconhecesse o som das sirenes misturado às ordens dos policiais impondo afastamento, poderia ouvir a camada de um cicio. O barulho do fôlego difícil, esse ronco de olhos vidrados. Cada vítima, no retrato, pulsa com respiração asmática — o esforço de inspirar gemendo, agarrando-se à corda invisível. Eu registraria isso de algum modo, seria uma espécie de repórter de guerra, e na volta poderia trabalhar neste jornal, quem sabe. Certamente não iria aceitar o emprego de atendente num escritório de advocacia, como estou prestes a fazer.

Mas então não teria começado a esculpir. Continuaria fotógrafa — e deixaria de sentir a guinada que minha vida recebeu.

Acho que moldar aquelas formas é um trabalho de esperança. Os símbolos eróticos afinal transmitem energia boa. Blá-blá--blá. Quer saber? Esqueça. O que quero dizer é que não sei. Não sei o que teria feito em outra hipótese. Ou o que *estou fazendo* nessas inúmeras hipóteses que se realizam em planos desconhecidos, mas nem por isso inexistentes. Nesta parte que me cabe, tudo é irrelevante. Um simples gesto me extrai do cotidiano, do lar — e eis que as coisas continuam. Os terroristas matam cento e trinta em Paris: as coisas também continuam.

Caio olhou para mim. "Está ótimo", sorriu, e entendi que a entrevista tinha acabado.

Em outro campo sideral nos encontraríamos novamente, ficaríamos juntos. Estávamos juntos. Mas neste, apertamos a mão como quem fecha um contrato de imóveis. A reportagem devia sair na próxima quinta-feira. Agradecimentos convencionais. A cortesia de me abrir a porta da minúscula sala, descer comigo pelas escadas, acompanhar-me ao bicicletário.

E aí, inesperadamente, ele diz que seria bom voltarmos a nos ver.

11.

Na semana seguinte, o silêncio de Caio continuava. Pelo meu lado, eu achava conveniente aguardar a reportagem, que era o pretexto para fazer contato. Mas na quinta-feira aconteceram várias coisas, a começar pelo nascimento do filho de Alícia. Logo cedo eu estava no hospital, visitando a família. Entrei no quarto onde todos — Alícia e Igor, e também uma enfermeira — vestiam batas verdes. Inclusive o bebê, um pacotinho machucado, estava coberto com tecidos da mesma cor. As paredes, as cortinas, até as portas eram de um musgo enjoativo. Tentei me distrair fixando a atenção nas rosas da mesinha de cabeceira, enquanto sentava um pouco distante da cama, com receio de contaminar aquele ambiente clorofilado.

Se Igor não estivesse tão eufórico, falando sem parar, na alternância de elogios ao filho e perguntas à enfermeira, teria ficado claro o meu constrangimento. A incapacidade que tenho de lidar com circunstâncias sociais. Batizados, aniversários, velórios — nunca sei o que dizer. Ou melhor: sei, mas digo o óbvio, repito os parabéns ou as condolências. E me sinto falsa, porque as frases feitas, de tão desgastadas, não têm afeto.

Na verdade, eu gostaria de não precisar dizer nada.

Ou de exclamar apenas: Oh!

Diante do bebê, essa criatura inédita no mundo: Oh! E diante de Alícia, que exibe um rosto igualmente machucado de cansaço, reclama de dor nas costas, no lugar onde lhe deram uma injeção.

Quando saio do hospital, levo o encargo de procurar d. Áurea, astróloga e vidente. Os pais do garoto querem saber o seu futuro, as possibilidades estelares para sua existência.

São oito horas da manhã, e no celular d. Áurea me responde que atenderá de imediato. Pedalo até o endereço, afinal bem próximo da minha casa. Vou sob uma vibração de claridade impiedosa. Fortaleza tem uma luz incomparável, dura e branca, chapando as figuras, que reverberam entre as sete da manhã e as quatro da tarde. Cartazes e placas empalidecem em poucos meses na rua — os poros se abrem, ressecam, as linhas surgem, cruzam-se no pergaminho da pele. Envelhecer é secar. Acontece mais rapidamente em alguns lugares.

Nos anexos de uma lavanderia há um muro com um sol desenhado. Um dos raios se prolonga pela caixa da campainha. Aperto o botão e, enquanto espero, observo os fachos imóveis no desenho amarelo. Conto dezoito. Penso na maioridade do menino — essa primeira fronteira onde aterrissará, um terreno tão desconhecido.

O meu próprio terreno é um mistério. Se quiser fazer Deus rir, conte-lhe os seus planos: lembro que uma vez me disseram. E para ouvir o riso divino, embaralhe as cartas, abra-as em leque — penso, seguindo as instruções de d. Áurea. Não resisti a investigar um pouco. Depois de ter recebido o mapa natal do bebê — com um brinde numerológico incluído — hesitei ao responder se desejava algo mais. D. Áurea interpretou meu silêncio com um gesto de anfitriã, apontando a mesa circular. Escolhi a leitura mais completa.

Quando a mandala se fechou, a carta da síntese era o Diabo. Meu caminho: desejo e ambição de poder, extremos emocionais. O Ermitão e o Julgamento indicavam prudência e análise no plano intelectual, e nas finanças o Imperador sinalizava manutenção do cenário. Tudo me parecia generalista demais — embora a Roda da Fortuna, nos projetos, mostrasse incoerência, ideias sem conclusão, tormento. A negatividade soava mais convincente, ou talvez eu tivesse uma tendência trágica. D. Áurea percebia minha expressão insatisfeita, propunha outra leitura de cortesia. O método Peladan expunha cinco cartas sobre uma questão que eu mentalizasse.

Pensei em Caio — na chance de termos um relacionamento. Foi a única hipótese que me ocorreu averiguar, e o engraçado é que não poderia dizer que estivesse apaixonada. A menos que paixão seja essa espécie de curiosidade, vontade de saber mais, olhar por muitos ângulos alguém: observar como faz suas refeições, de que maneira dorme, como se penteia. Eu me punha imaginando tudo em Caio, inventava o seu cotidiano, espionava-o mentalmente. Então, era legítimo perguntar — poderia estar ao seu lado por algumas horas em alguns dias?

12.

Tornei a pensar no assunto mais tarde, ao entrar de novo num hospital naquela mesma quinta-feira — dessa vez buscando atendimento para escoriações no joelho e no pé. Eu havia caído da bicicleta, quando um carro me fechou numa esquina. Na verdade, ele chegou a bater no guidão, mas só entendi que tinha sido *atropelada* quando o médico usou a palavra. Na hora da queda, fiquei mais preocupada em não perder o envelope com o mapa natal, que voou para o meio-fio e molhou na borda. Voltei a subir na bicicleta, após notar que o carro se distanciava e não valia a pena nenhum gesto de ofensa. Mais importante era eu levar nas mãos o roteiro profético do bebê, o que lhe foi reservado — agora com uma das extremidades úmida.

Eu também estava suja. Os machucados pareciam ter sido feitos por um ancinho em miniatura, e grãos de terra se misturavam ao sangue na parte superior da minha perna esquerda. Foi o tornozelo, porém, quem deu o alerta — a dor me impediu de pedalar. Tive de pedir um táxi e ir com a bicicleta dobrada dentro dele até o hospital.

Pela segunda vez no dia, e com uma diferença de poucas horas, eu estava num ambiente asséptico. Ao menos, não era verde: nesta seção dos acidentados, preferiam paredes brancas. Enquanto tirava radiografias, deixava que me enfaixassem o pé e tomava analgésicos, minha atenção flutuava de um tema a outro. D. Áurea aparecia diante de mim, apontando as figuras das cartas — sua voz rouca chamando a atenção para o Diabo, novamente ele, mas parado na casa três, que anunciava o caminho da questão. "Desejos carnais incontroláveis, paixão", eu a ouvi recitar, tamborilando com a unha: "Você será tomada pela semente da luxúria".

A Lua na casa quatro prometia um momento delicado, cheio de dualidades, mas com expectativa feliz. Se aquela previsão fosse certa, eu teria um tipo de compensação para a experiência com Étienne. Porque com ele houve luxúria — e muita, por incrível que possa parecer —, mas nenhuma delicadeza. A assepsia de um hospital era trabalho amador diante da obsessão higiênica no seu apartamento.

Lembro que o vi tremendo com a chave na mão, logo que nos aproximamos da porta de entrada: gaguejou para me dizer que tirasse os sapatos. Até aí, não estranhei; tantas pessoas — indianos, japoneses — deixam os calçados fora de casa, para isolar as energias externas. Mas Étienne me olhava com um receio à beira do pânico. A todo instante averiguava se eu obedeceria às instruções: entrar no apartamento sem tocar em nada, nem sequer nas paredes. Ir direto ao banheiro, lavar as mãos, que vinham "imundas da rua" (e ele observou o processo do ensaboamento, soltando pequenos suspiros enquanto eu rodava os punhos e friccionava os dedos entre bolhas de espuma).

Fiz aquilo no automático, seguindo os comandos somente porque era uma situação tão espantosa que eu precisava de tempo para raciocinar. Quando recebi a toalha para enxugar as mãos e vi que Étienne se dedicava a lavar as próprias, cantarolando uma musiquinha inventada — algo sobre limpeza e como era bom ficar limpo —, admito que senti pena. Ele era um cientista maluco. Mas sua loucura era inofensiva. Ou pelo menos eu achei, antes do episódio no metrô.

"Agora me dê essas roupas e tome um banho", ele disse, ao secar as mãos numa segunda toalha branca.

Eu finalmente protestei. Não ia me despir como se fosse uma menina num colégio interno, sob as ordens de alguém.

"Mas você não pode entrar no quarto com essas roupas sujas", falou Étienne. Pelo seu tom imperativo, percebi que não aceitaria o argumento de que as roupas ainda estavam limpas.

Eu deveria ter ido embora. Mas a ideia de procurar outra hospedagem me desanimava — e também havia uma espécie de curiosidade. Até que ponto chegaria sua obsessão? Como seria o sexo em meio a tantas restrições? A mala tinha ficado em cima do tapete da entrada, junto com os sapatos. Eu poderia, exatamente naquele momento, fazer o caminho de volta e mandar para o espaço qualquer possibilidade de relação com um homem doente. Ao contrário, engoli uma dose de paciência inesperada e ponderei. Aceitava o banho, mas Étienne devia receber as roupas por trás da porta, sem ficar parado na minha frente, vigiando cada peça tirada.

Assim mesmo, ele foi ordenando:

"Entregue tudo, não deixe nada aí." Terminei de depositar as meias na mão que se estendia pela réstia e me tranquei, subitamente medrosa.

O banheiro não possuía nem uma janela, apenas um exaustor, que funcionava durante todo o tempo em que a luz permanecia ligada. Decidi não pensar; entrar no banho era a atitude que me restava. Fiquei em pé na banheira e tomei uma ducha.

Em cinco minutos me enrolei na toalha e então ouvi o barulho, um tipo de ronco específico.

"Que barulho é esse, Étienne?", gritei, pela porta já aberta.

"A máquina de lavar roupa, querida", ele disse satisfeito, passando ao meu lado completamente nu, para entrar por sua vez na banheira.

"Mas essa era a minha única calça comprida!", continuei gritando.

"A máquina também é uma secadora", ele respondeu, e voltou a cantarolar.

Saí do banheiro para não vê-lo exposto daquele jeito, com pernas finas e tão brancas quanto nabos. "Se for pegar alguma coisa, não traga a mala para dentro!", ele berrou. Calculei que não suportaria a noite inteira. O mais viável seria escapar enquanto a lavadora estivesse trabalhando. Abri a mala e escolhi uma calcinha e um vestido. Abaixava para calçar os sapatos quando Étienne apareceu na sala: "Venha para cá. Agora que estamos limpos, tudo ficará bem", ele disse, e de repente aconteceu algo.

Havia um charme na maneira como o seu cabelo, antes espetado e ralo, caía molhado sobre um dos lados da cabeça. Sua voz estava tranquila, com o timbre que ele usara no café.

O sexo foi absurdamente porco. Não havia outra forma de definir, levando em conta as cenas — Étienne chupando meus dedos dos pés, passando a língua nas minhas axilas, enterrando a cara na minha bunda. Aquilo era um contraste extremo, vindo de um homem preso ao hábito de polir maçanetas e limpar o tampo da mesa com álcool, além de fazer a própria faxina, porque uma *femme de ménage* jamais aceitaria as regras de higiene daquela casa. Aliás, ninguém aceitaria. Não à toa Étienne vivia solteiro desde sempre, e as raríssimas mulheres que ali levou foram todas expulsas.

"Recusaram o teste do banho?", perguntei, ainda nua. Ele

respondeu que as francesas eram as criaturas mais podres do mundo.

"Sorte que sou brasileira", brinquei, mas ele não esboçou nenhum sorriso. Olhava para o teto, magro em sua recobrada feiura. Então pensei que estava errada. Tantas mulheres o rejeitaram; por que eu aceitei? — cada posição no sexo que poderia ter recusado, línguas e dedos em determinados lugares, ou movimentos desconfortáveis... No final, tive um grande saldo de prazer e a ideia de que tudo havia sido "uma loucura". Mas me perguntava até que ponto a expressão seria verdadeira, e não metafórica.

Étienne, na cama, falava obscenidades que — no diminutivo, como ele dizia — soavam extremamente lascivas. Na primeira transa, propôs que comprássemos um vibrador. Insistiu no tema, excitando-se ao indagar sobre modelos, tamanhos que eu escolheria. Falou sobre uma loja que gostava de frequentar em busca de brinquedinhos para si mesmo. Eu questionei sobre o tipo de brinquedo, mas ele se recusou a dar detalhes ou mostrar qualquer peça. Disse que o importante era eu, Lu no reino da plenitude sexual, e nada mais valia a não ser o êxtase que ele iria me proporcionar.

O dia seguinte começou com uma sensação de dores pisoteadas — de maneira semelhante à que sinto agora, após o acidente. Mas um corpo amarfanhado pelo sexo lateja em regiões específicas: a fisgada nos músculos laterais da virilha, os mamilos palpitando, vermelhos. O rosto inclusive estava sanguíneo, percebi quando me olhei no espelho.

Étienne montava o café da manhã, enquanto — mais para agradar do que por um real desejo — anunciei que primeiro tomaria um banho. Pouco depois, na sala a mesa exibia três tipos de pães, geleia, suco de laranja, fatias de mamão, uvas. Étienne preparou um chá muito lentamente. Segui o modo como ele despejou a água do bule e se deteve na visão de minúsculas pétalas e hastes boiando em sua xícara. Nesse momento era fácil amá-lo. Tão espontâneo dizer sim para suas manias, para aplacar sua angústia e — por que não? — sim para os fetiches, o plano de comprar um vibrador e voltar para outra sessão de sexo.

Ele precisava trabalhar apenas no dia seguinte; tornaria ao Institut Henri Poincaré e queria me apresentar aos colegas, sobretudo ao diretor, o excêntrico Cédric Villani.

"Você verá como ele é curioso; anda com um broche de aranha enorme na lapela", disse Étienne, e disfarcei um sorriso.

A diferença é que sua aranha é invisível, querido — pensei em dizer, mas não valia a pena vê-lo novamente com a feição contrariada. Ele era esquisito, mas talvez essa fosse uma qualidade dos gênios. O tal Cédric mandava fazer broches sob medida num ateliê de Lyon, e isso virou o seu estilo, um item que tinha um valor íntimo, tão bom quanto qualquer outro.

Eu escutava o que Étienne ia contando, absorta com a ideia de que já era quase meio-dia, estava na casa de um semidesconhecido em Paris e em pouco tempo sairia para um sex shop com ele. Com dificuldade podia lembrar que duas semanas antes afundava na rotina — e ali continuaria, se Mister Z não tivesse feito uma idiotice clássica.

"Idiota", também resmunguei, ao abrir a porta do apartamento.

Acabava de pagar ao taxista que me trouxe do hospital e me ajudou a subir as escadas com a bicicleta, enquanto eu saltitava, suspendendo o pé machucado. Podia ter lembrado de comprar o jornal numa banca de revista ou supermercado. Agora só restava acessar a internet para ver se a matéria tinha sido realmente publicada.

13.

A última vez que me ofendi mentalmente foi na casa de Zeno. Saí pela cozinha, puxando a mala e repetindo uma série de xingamentos, todos martelando com um ritmo implacável dentro da cabeça.

Existe uma tentação de se sentir despencando, um tipo de fascínio pelo abismo, que muita gente alimenta. Eu, entretanto, logo me recupero. Enfrento cinco minutos de desamparo, alguns dias de vertigem — eis que o prazer retorna. Pensando melhor, o desejo de se atirar no imprevisto deve ser parte da atração pela queda. Mas para mim funciona como um tratamento de otimismo: eu me distraio com a linha dos acasos, os perigos que avalio por cima. Depois de tanto estímulo, a exaustão me preenche. É pelo cansaço que volto a me sentir feliz.

Após a separação, porém, eu estava completamente sem planos. Não imaginava de que forma conseguiria pôr em movimento a roda de possibilidades salvadoras. Sabia que a arte sempre me deu a sensação de que tudo era ínfimo, os problemas eram ínfimos — mas ia distante a época em que eu fotografava com intenções criativas. Além do quê, ficara sem a câmera profissional, e acho que o próprio gesto de clicar lembraria as atividades com Zeno, as cerimônias, a limusine... Era patético, o meu passado com aquele homem baixinho. E ainda mais patético que eu sofresse por isso.

Quando a razão fracassa em mostrar soluções, recorre-se a um desvio. Qualquer hipótese pode ser um gancho: não me espanto em recordar tantos detalhes. Eu chegava a um local absolutamente escuro, uma espécie de porão onde aos poucos percebia a presença de alguém. À medida que vou me dando conta dessa pessoa, as luzes vão se acendendo, ou ao menos consigo enxergar, e encontro Zeno, sentado com um livro aberto sobre a mesa. Eu me aproximo para ver do que se trata; ele fecha rispidamente o volume e ergue a cabeça. Suas mãos cobrem o título do livro, e ele me diz "Já está lido", mas, de modo totalmente improvável, diz em francês: "C'est déjà lu", e termina a frase com os lábios arredondando, um biquinho debaixo do bigode falso.

Eu sinto um asco imenso, fico parada, então ouço uma voz (que é a do Zeno, embora ele continue com a boca na pose beijoqueira). A voz me diz: "É o seu ofício", e na hora pensei ter ouvido "orifício", dessa vez em português.

Estava na casa de Alícia quando tive esse sonho. Ela foi a pessoa para quem telefonei após afugentar o mantra acusatório que me intoxicava a mente. Lembro que encostei a mala na parede do edifício em que Zeno morava — e onde eu própria morei por vários meses —, respirei fundo e parei de repetir "idiota, estúpida, imbecil, burra", para discar os números no telefone.

A hospedagem foi uma emergência, apesar de Alícia insistir exageradamente que eu podia ficar quantos dias — diiiias, meeeses (ela alargava os braços) — quisesse. Mas, com a sua gravidez avançada, eu previa a casa logo cheia: a família de Igor vindo de Porto Alegre para visitar o netinho, além da família dela, e depois o circuito de amigos, colegas, um ritmo incessante no local. Não gostaria de explicar minha presença a todas aquelas pessoas — sem falar da intolerância que tenho ao choro de criança e ao desfile de babás uniformizadas.

Contei-lhe o sonho, portanto. E ele me pareceu transparente. Zeno segurava o livro com as mãos, fechava-o, tapava-o, dizia: "C'est déjà lu". É evidente que havia aí um trocadilho com meu nome, que no francês teria de ser pronunciado como *Lou*. Mas a escrita em português representava *lido*, na outra língua.

"Ai, como é culta essa minha amiga", gracejava Alícia, mas interrompi. Era possível então que a frase fosse "Já é Lu", numa tradução livre e seguindo a lei das associações. O livro era a minha vida, que Zeno dominava, e isso através do meu ofício (de fotógrafa) e também através do meu orifício...

"Uhhh", fez Alícia com cara de nojo, "agora baixou o nível."

"Seja como for", eu lhe disse no último dia que passei em sua casa, "está decidido. O francês é a língua, a França é o país para onde eu vou. Comprei uma passagem."

Diante dos olhos horrorizados de Alícia, esclareci que voltava em doze dias. Mas para morar num quarto e sala que ela, por favor, fizesse a gentileza de procurar para mim. Eu precisava me lançar no abismo daquela fase.

O QUENTE

1.

O Sexodrome, em Montmartre, era um grande magazine por onde circulavam seres silenciosos. Quase todos homens, eles caminhavam entre os expositores, tocando objetos dentro das embalagens como se examinassem peças para um veículo. A atendente, porém, quebrava o clima circunspecto. Ela parecia pular diante de cada cliente, uma espécie de duende oferecendo ajuda. Nos primeiros minutos dentro da loja, tomei um susto com sua materialização repentina sob os meus olhos. A pequena mulher sorria — na verdade, era uma anã — e perguntava se eu queria auxílio. Imediatamente tive dúvida sobre a palavra francesa para o que eu buscava; falei que só estava dando uma olhada e segui entre os produtos, atenta para ver se reconhecia a seção.

Encontrei uma gôndola com modelos realistas e outros em disfarce. Coisas extravagantes, hipercoloridas, fazendo a gente pensar que a fosforescência pode contribuir para um orgasmo. Mas decidi no momento em que vi aquela forma — elegante, num tom âmbar igual ao de uma joia. Não era excessivamente grande nem largo; ficaria de pé como um enfeite discreto.

Agora imagino que sou influenciada pelo vibrador muito mais do que pelas esculturas de artistas que pesquiso em páginas virtuais. Há algo de parisiense nesse bastão; quando o coloco sobre a mesa de trabalho, é como se de algum modo acionasse uma época e um lugar bem nítidos. Anáguas e espartilhos surgem, na memória das referências. Há meias longas, cabelos em coque, bocas púrpuras, pintas falsas; há vinho, e homens com terno e chapéu, bigode. Sentam-se à mesa dos cabarés, fingem cheirar a rosa no decote da prostituta, riem entre baforadas. Tudo em fotografias sem cor, mas tenho uma certeza: a iluminação preenchia o espaço com esse dourado fosco, o mesmo de que é feito o meu vibrador.

Estava com ele na bolsa, livre da embalagem, quando fugi de Étienne. Durante as horas em que conversei com Anastasiya e vi Jean preparando drinques seguidamente, agitando os braços e se abaixando ou se erguendo entre prateleiras do balcão como quem executa uma dança deslizante, ali estava ele, no meio da balbúrdia de cremes, caderneta, passaporte, dinheiro... Depois, no trem em direção à Bélgica, quando dormi agarrada à única bagagem que me restava, ele continuou, ignorado no interior daquele útero de tecido.

Foi somente quando cheguei à casa de Mélanie e resolvi me arrumar um pouco para sairmos (já tinha dormido e me preparava para experimentar um vestido dela), somente ao pensar que algo na bolsa poderia servir de atenuante para o cansaço, meus dedos toparam com ele. Logo o agarrei, trouxe-o para fora. Num minuto despejei o conteúdo da bolsa sobre a cama. Nada com que pudesse me maquiar; os cosméticos ficaram na mala abandonada, junto com todas as roupas da viagem. Mas eu me salvara, disse para mim mesma, antes de entrar no banheiro.

Os banheiros é que nunca mais recuperaram sua inocência. Até hoje fiscalizo os azulejos, busco imperfeições ou manchas feitas pela água estagnada, pela sujeira que se acumula nos interstícios. Étienne enxugava rigorosamente toda a superfície esmaltada após o banho: as paredes cintilavam e quase serviam como espelhos. Minha vigilância não tem nenhum propósito; constato a nódoa que apareceu e deixo-a em paz. Mas sinto uma raiva por essa mania estabelecida, que me faz lembrar Étienne. Em outras situações, inclusive ao esculpir, sempre imagino o seu olhar sobre a desordem, a exasperação que o alcançaria. Tenho esse prazer de contestá-lo com o meu gesto. Mas o prazer perfeito seria superar a memória.

2.

O filho de Alícia e Igor por enquanto é felizardo. Não acumulou experiências que deseje apagar. Resolvo visitá-lo uma semana após o nascimento. Continua fragilíssimo e vermelho, um pedaço de carne respirando no berço. Entrego para Alícia o mapa natal com a sensação de que me torno uma espécie de fada, daquelas surgidas no quarto dos infantes para oferecer presentes tão grandiosos quanto arriscados: a beleza incrível da futura princesa, a bondade sem par, e — dizia a deusa malvada — a morte em plena juventude, o dedo ferido numa roca. Mas não se desespere, Alícia. A última a fornecer suas dádivas reverteu a tragédia, transformou a morte em sono prolongado, um profundo repouso que terminará quando chegar o amor.

Daqui a dezoito anos esse menino vai ter bagagem suficiente para uma historieta. Já será algo, é certo, mas nada comparado ao que carregavam os frequentadores do Chez Les Vieux, idosos levando na feição todo um registro de segredos, camadas de experiências que pareciam cavadas a buril. Rostos duros — os velhos na Europa não são flácidos, pensei, enquanto um deles me abordava na fila:

"A comida aqui é boa", afirmou, e concordei hesitando, porque na verdade era apenas minha segunda vez no restaurante, e não haveria outra. No dia seguinte eu partiria — uma sequência de acenos que imaginei rápidos; adeus, Liège; adeus, Paris.

"Há piores. Em 43, eu comi peixe podre", o velho completou, e com isso fez silêncio, embora eu continuasse voltada para ele na fila, atrasando os passos, criando um hiato espacial que logo foi apontado com os gestos frenéticos de cabeça dos que estavam atrás dele.

Queria mais detalhes. Como tinha sido? E onde? Qual o sabor? Tentava desmontar aquela rigidez senil para descobrir o adolescente em plena guerra, pescando talvez no Meuse, ou recolhendo sobras em latas de lixo, ou simplesmente jantando um peixe que pouco antes estava fresco, mas apodrecera por falta de refrigeração e ninguém podia se permitir o desperdício. Após o episódio, ele devia ter vivido muitos outros perigos — escapatórias em navios ou trens, fugas por janelas altas.

Eu o via morando em quartos de diversos países, deixando estragar os dentes com cigarros seguidos enquanto folheava um livro de páginas úmidas. E mais tarde (aqui a câmera mental corria) eu adivinhava sua esposa na desconhecida com quem ele cruzou olhares numa esquina, acompanhava os dois diante do caixãozinho do primeiro filho ou filha, e depois posando para o retrato já rodeados por quatro crianças. O rosto da esposa se tornou mais largo, seu cabelo encurtou; na última fotografia ela se parecia com a mãe daquele homem.

Ele carregava a imagem na carteira, e é possível que às vezes não distinguisse entre as duas mulheres, não soubesse de quem se tratava. Apenas conferia a figura emoldurada no plástico, assegurava-se de que continuava ali como uma cédula rara.

"J'ai mangé du poisson pourri" — e o gosto lhe tornava à boca, tenho certeza. Por sete décadas permaneceu em sua língua, na mucosa de sua gengiva, nos lábios. Mas o bebê de Alícia é um peixe fresco, debatendo-se no lençol ondulado.

3.

Eu também — quem diria — começo a me fragmentar. Fratura no platô da tíbia: foi o que o terceiro médico disse. As visitas anteriores ao hospital serviram apenas para exames inúteis e palavras apaziguantes. O estranho era a dor, eu dizia, perguntando quando voltaria a pedalar. E os médicos apressados respondiam algo sobre paciência. Finalmente, um ultrassom mostrou que minha situação era mais complexa. Mas tive sorte: podia me recuperar sem cirurgia. Assumi a muleta como apoio e busquei alternativas de transporte. Eu usava o Uber até para distâncias curtas, como a que separa o meu apartamento do de Alícia. O escritório de Igor ficava um pouco mais distante, embora não muito — não precisava complicar o trajeto da viagem para atingir a tarifa mínima.

Quando chegava para o expediente, sempre me distraía no começo, lembrando a conversa do motorista. Cada um deles parecia ansioso para contar por que havia escolhido aquela alternativa profissional.

Nas primeiras vezes eu me aborrecia. Ficava calada, absorta na dor da perna, ou então pensava no meu próprio rumo — de fotógrafa de eventos a secretária de advogados (e ainda por cima o emprego era um favor). Não parecia que tivesse progredido, e se alguém poderia desabafar os males dentro de um carro, esse alguém era eu. Mas então percebi que os motoristas em geral estavam satisfeitos, praticamente todos entusiastas do aplicativo. Tinham largado sociedades em empresas desastrosas, ou superavam meses de desemprego e dívidas; alguns pegavam carros emprestados, achando compensador pagar a manutenção e um aluguel simbólico ao proprietário.

Eu me questionava se aquilo seria efeito da euforia associada ao novo. O Uber começara na cidade havia pouco, e provavelmente nenhum dos motoristas acumulava bastante rotina para avaliar a margem de lucro no serviço. Nenhum tinha sentido as consequências do estresse, da monotonia e do castigo físico depois de meses rodando, sofrendo riscos a cada esquina: avarias no veículo, multas, atropelamentos.

Qualquer um deles — sob o argumento da distração ou do cansaço — poderia ter sido o homem que me jogou contra a calçada, na queda de bicicleta. E o episódio passaria por um susto para ele, uma fisgada de alerta no peito. Para mim, eram muletas, dor e fisioterapia durante longo tempo.

Eu tomava café pensando nessa ideia de culpados, responsáveis pelo destino alheio. O escritório de advocacia, embora deserto devido à hora, talvez me inspirasse a refletir sobre direitos e indenizações. Lógico que eu perdera qualquer possibilidade de entrar com um processo contra o sujeito que me arrebentara a tíbia. Igor sugeriu voltar ao local para ver se havia câmeras nas proximidades de onde eu tinha me ferido, mas ele próprio desacreditava da chance de obter informações sobre o carro.

Se quiséssemos usar os registros urbanos, o Ciops na maioria das vezes exigia ordem judicial para entregar os arquivos. Se investigássemos câmeras de prédios particulares ou algum comércio nas imediações, era comum encontrar equipamentos quebrados ou de faz de conta. Além disso, a qualidade dos filmes desanimava até os peritos. Alícia dera-lhe uma cotovelada em resposta àquele comentário, e Igor se corrigiu:

"Mas pode ser que a gente dê sorte."

Eu apenas agitei a mão como se espantasse uma mosca. Deixa pra lá, disse, não tenho interesse em levar isso adiante.

Nós estávamos conversando exatamente aqui, neste sofá debaixo da pintura cubista — e já fazia o quê? Três semanas. Era fácil calcular, tomando como base o bebê de Alícia. Ela ainda estava com um corpo indefinido e lento, movendo-se com tanta cautela quanto eu, que me recuperava de um acidente. Continuava de licença, mas fizera questão de me receber no primeiro dia de emprego. Sabia que, se não fosse por ela, ia demorar para eu conseguir "voltar ao mercado", como se diz. Igor esbanjava simpatia, com o jeito amplo que têm os profissionais da retórica, mas continuava um amigo anexo. Alícia, sim, era a autêntica amizade, que sobrevive a anos de convívio.

Ela havia se tornado responsável também pelo meu destino, no lado positivo. Na lei das compensações, o emprego se seguia à fratura — embora eu estivesse longe de desejar um cargo do tipo. Atender o telefone, anotar recados, clicar em botões de ramais. E receber clientes usando um sorriso tão firme quanto o tailleur que me indicaram vestir, mesmo que a muleta lhe tirasse o aspecto clássico. Mas isso paga as contas, é o meu Uber, o meu girar em círculos enquanto outra coisa surge.

E então penso em Caio.

Por um instante imagino a possibilidade de que ele escreva — não sobre o meu acidente ou novo emprego, óbvio, mas uma reportagem sobre meios de transporte. Talvez ele a tivesse feito: havia muito que eu não folheava um jornal ou o acessava pela internet. O café continuou soltando o vapor sinuoso que o garantia aquecido, enquanto eu encostava a muleta na mesa da recepção para consultar o portal de notícias pelo celular.

De fato, existiam algumas matérias a respeito, mas nenhuma assinada por Caio. Perdi o interesse ao pular de um link a outro; minha perna doía, e a campainha soou. Eu precisava sentar, posicionada atrás da mesa, de onde acionaria o botão que liberava a porta. Mas naquele instante meu telefone tremeu, fez um ruído de abelha e expôs a mensagem na tela. Caio dava bom-dia. Perguntava se podíamos conversar sobre minhas esculturas. E, aproveitando o ensejo, convidava para uma feira a acontecer perto de sua casa.

A campainha tocou mais duas vezes, furiosa. Pulei num único pé em direção à figura volumosa por trás da porta de vidro. O rosto de Igor deixou de ser a mancha embaçada pelo fumê; ele avançou, vermelho e porejando de calor. Reclamou de que tão cedo o sol estivesse a pino, jogou a pasta sobre a mesinha de centro e saiu caminhando, falando sobre atrasos, reuniões, recados que receberia, tudo em meio a uma gesticulação curta. Os braços se abriam e caíam, batendo nos lados do corpo. Sua gravata estava torta, a calça a ponto de estourar.

Eu não sabia ser a secretária pacificadora — somente olhei para ele, esperando que me desse uma instrução. Mas Igor se calou com um suspiro; pegou a pasta de volta e subiu o lance de escadas até sua sala. Em poucos minutos chegariam os advogados restantes, depois os clientes, num dia repleto de agitações idênticas. Envolvi a caneca com a mão: continuava morna. Tomei o resto do café num único gole. Logo abaixo do joelho, meu osso latejava.

4.

Caio se aproximou com feição de surpresa preocupada, típica de quando misturamos a alegria de rever alguém com o constrangimento de encontrar a pessoa adoecida, o rosto marcado por sulcos de varíola, digamos, ou o cabelo completamente branco por um luto. No meu caso, o impacto era simples — e a muleta sugeria uma história breve: um carro avançando, a queda, pronto. Acabou-se o enredo.

Pensei que em situações mais trágicas ou coletivas, como nos episódios terroristas, o comportamento não era assim. As informações chegavam pela imprensa ou por testemunhos paralelos — e talvez houvesse um período de angústia, claro, sempre havia a dúvida. Em todos os relatos de desastres os parentes demoravam a se encontrar, os casais desesperavam-se com linhas de telefone paradas, um se debatendo à procura do outro, que podia estar ferido, ou ainda mais ferido, ou morto.

Eu também, penso, podia estar morta. Ou Caio. Por qualquer circunstância a nossa possibilidade, aqui, deixaria de existir. Eu andando os poucos passos da esquina onde fica a igreja, no ponto em que o Uber me deixou — e vendo-o, de camisa branca e calça jeans, sobressaltado com a minha chegada, apressando-se para me amparar. Antes do cumprimento, sua mão avançou sob minha axila, como se eu fosse cair de imediato, como se a muleta significasse uma alavanca abrindo alçapões na calçada. Ri dos seus gestos confusos, ele sorriu — e nada disso existiria. Nada existe, numa dimensão diferente.

Por um segundo, a cena da infância voltou.

A sensação de ser criança era a de estar próxima do chão, entre as pernas das pessoas. E escutei, na tarde em que havia jogo de futebol e muitos amigos de meus pais no quintal em torno da TV, um tiro, um tiro que seria um fogo de artifício simplesmente, mas poderia ter sido uma bala perdida que meu corpo acolhesse, no baque sutil de um inseto.

Uma bala: atravessando a pele como um fantasma atravessa paredes, sem esforço nem dor. E eu sutilmente morta aos três anos de idade, o tempo de já ter aprendido várias coisas, o conhecimento da grama e das formigas, por exemplo, mas um tempo ínfimo comparado a esse até hoje, um bônus generoso a me prolongar a história, um empurrão para a adolescência e outro para a vida adulta, seja lá o que isso signifique.

Eu não perdia a impressão de que *estava no lucro*, em qualquer situação que fosse.

Ainda mais agora.

A muleta despertava o instinto protetor em Caio. Fomos praticamente abraçados até o local onde a feira acontecia.

5.

A loja tinha um aspecto escuro — mas com o tipo de penumbra acolhedora, que servia para revelar os pontos de cor: as estampas nos vestidos, os reflexos nas joias de prata sobre a mesinha de madeira desgastada. Nada se parecia com a sombria aparência de Liège, com as lojas de Liège — mesmo a de Mélanie, repleta de chapéus esquisitos — naqueles dias de início invernal.

O sino na capela São Pedro toca, e eu me lembro da vez em que passava por uma rua belga diante de outra igreja, a porta de repente se abrindo. A missa começava em um quarto de hora, mas o sacerdote permitiu que eu esperasse no pátio, com as abóbadas que desenhavam trevos nas trevas — tudo tão escuro e milenar! — e, no centro do arranjo com rochas e plantas, a estátua de Saint Notger com um cajado.

Então começou uma chuva sobre minha cabeça. Continuei caminhando pelo átrio; mais adiante descobri a porta de acesso ao mosteiro dos dominicanos, com uma lista de nomes ao lado das campainhas — um deles, polonês: Marek Grubka. Eu me perguntava por quais trajetos aquele homem teria chegado até ali, enquanto olhava as estelas funerárias na parede. Numa delas, o anjo da morte surgia musculoso e belo. Só parecia letal pela foice que erguia em direção à mulher a sua direita, ela desfalecendo com a mão no peito — uma trágica anunciação esta: eis que a carne se fez pó, acabaram-se as esperanças.

Não esperei pela missa, saí com os sinos tocando. Em Liège havia verdadeiros concertos de carrilhão, as badaladas não eram rápidas como em Fortaleza. Agora, por exemplo, nem tive a chance de me acostumar com os toques e eles já silenciaram. Escuto o burburinho das pessoas no andar de baixo, na feira que extravasa para fora da loja, pela calçada. Caio me pergunta se sinto falta dos amigos que fiz durante a viagem.

Não dava para falar em amizade, respondo. Anastasiya e Mélanie me ajudaram de forma tão imediata que não parecia haver afeto por trás daquilo. Era como se elas *precisassem* agir, apenas porque tinham condições para fazer isso e não lhes custava nenhum sacrifício. As duas, a ucraniana e a francesa, tinham esse ponto em comum: uma disposição para aceitar imprevistos, contatos repentinos como se viessem de longa data. É uma lição que os exilados aprendem, a construção de laços provisórios, a aceitação do fortuito com a reverência que merece algo definitivo.

"Ainda tinha vida", disse Mélanie, "na minha mãe ligada a máquinas. E era a vida dela também, não só a do Jean" — de repente lembrei sua voz e acreditei me enganar. Houve, sim, amizade, confissões.

Mas ela era uma mulher complexa. Sempre com suspiros de enfado e expressões do tipo "pobre idiota", "oh, eu o detesto", "é o fim", "um absurdo". Mélanie seria resumida numa vendedora parisiense que deseja voltar à capital da França, mas não consegue por motivos econômicos. Porém, se você convivesse um pouco mais, podia notar que sua insistência no pessimismo virava um tipo de humor. Ela costumava dizer, a respeito do próprio namorado: "Ele é um nazista, mas esse não é o seu principal defeito" — e se gabava de ter criado uma lista comparando Liège a outras cidades. "Melhor que Varsóvia após a guerra" foi um item que decorei.

Ela mostrou a lista em nossa última saída, na véspera do meu retorno para o Brasil. Foi quando entendi sua comicidade avessa a risos ou anedotas fáceis. A lista era um claro exemplo de ironia, bem como a presença de Francesco — o namorado de Mélanie, que nos acompanhava ao restaurante. Em nenhum momento ele me pareceu nazista, mas seria provável que seu "principal defeito" estivesse na fisionomia. Com um maxilar decididamente quadrado entrando em contraste com o nariz pontudo, Francesco lembrava uma figura saída de uma charge.

Soube que ele também trabalhava com moda e, assim como Mélanie, tinha se fixado em Liège havia anos — "por força das circunstâncias". Não me deu detalhes: embora sorrisse no seu francês de sotaque aberto, tão italiano quanto os gestos largos, o assunto da noite jamais poderia ser íntimo. Tínhamos que falar dos atentados, especular, comentar. Um tema pessoal teria sido ofensivo — mas, apesar disso, estávamos num restaurante de massas, La Main à La Pâte: uma conexão particular com Francesco.

"Você veio com um chapéu interessante" — lembro que deixei o comentário para o final do encontro.

"Gostou?" Mélanie fez uma pose de perfil. "Eu criei a partir de um guardanapo jogado sobre a mesa, ao final de uma refeição. Foi neste restaurante, querido?" — ela se voltou para Francesco, e ele concordou, repuxando o pescoço e sorrindo.

Então, ela era esse tipo de mulher, criativa a partir das dobraduras de um guardanapo. Mas tivemos um vínculo absurdamente ocasional, que se perdeu tão depressa quanto foi construído.

A última coisa que soube dela era que planejava férias numa cidade troglodita, Vardzia, um patrimônio da humanidade:

"E ela me contou que o alfabeto georgiano foi inspirado nas vinhas, o desenho das folhas das vinhas", falei.

Caio estava apoiado num biombo vazado com arabescos, onde se penduravam colares de tecido, mandalas, desenhos de bebês. Eu continuava sentada na escada, que tinha um item em cada degrau: velas, ferros de passar, esculturas do Mestre Noza, pilhas de livros, pedras pintadas, cristais. Ele perguntou algo que não entendi, por causa do barulho. Precisei me levantar para ouvi-lo — e Caio já apontava na direção da varanda afogada por plantas.

"Aqui em frente", dizia.

Eu franzi os olhos: "O quê?".

"Onde eu moro", ele quase gritou. "Quer ir?"

6.

O tapete tinha cheiro de xixi de gato, e não era difícil encontrar os responsáveis: dois siameses gordos descansavam no corredor, com olhar achinesado. Imitei Caio e sentei sobre o tecido felpudo. Havia um sofá perto, porém cheio de livros — e a ideia de sentar no chão de algum modo celebrava uma cena íntima. Não somente eu estava na casa de Caio, mas *no chão da sala dele*, e isso era algo específico, que jamais tive, por exemplo, com Étienne (porque o chão, com suas bactérias, devia horrorizá-lo até a alma).

Meu joelho doeu, na posição em que devia mantê-lo, esticado. Assim, dura e com a muleta ao lado, a perna parecia estranhamente avulsa ou descartável. Pensei nos mutilados, e comentei com Caio: de repente eu sabia por que tinha começado a esculpir depois da viagem.

A escultura, assim como uma violência, mutila. A construção de pedaços separa as partes, isola os elementos. Um busto sempre me pareceu coisa mórbida, como as cabeças do grupo de Lampião pousadas em degraus. Desse jeito ficavam as cabeças e os ombros nos pedestais, decepadas do resto físico.

E os torsos nos museus: eu tinha visto alguns no Louvre, além da gigantesca Vitória — sem rosto, mas com asas, o que a fazia um ser à parte. Mas mesmo estátuas inteiras viram fragmentos. Ainda que se veja um grupo esculpido, serão poucas figuras ali, limitadas e pairando num tipo de vazio, expostas sobre o bloco que as suspende da realidade. É diferente do que acontece com qualquer outra arte, que acumula e finaliza: as palavras no texto, os sons na música, as cores no quadro, os movimentos na dança... apenas a escultura prefere pedaços ao conjunto. Ela secciona por princípio, fica mais próxima de um ato de destruição, ao ser criada.

Agora me ocorre, eu dizia, que meus objetos são estilhaços, pequenos atos terroristas que não vitimam ninguém, mas já nascem incompletos. Após um episódio de explosão, quando a fumaça cessa, ficam os membros inúteis, sobras imóveis — e é exatamente assim com minhas peças, ou com qualquer corpo, no futuro morto.

Caio me fitou espantado. Um dos gatos se aproximou de nós. E foi então, acariciando o dorso que sanfonava macio, que ele disse que não tinha certeza, mas talvez por essa razão planejava escrever sobre meu trabalho. Havia um fascínio na incompletude. Algo que existia com mais força justamente por não acabar.

Eu estava pensando a respeito daquilo, mas ele seguiu falando:

"Eu acredito nas repetições. Por isso detesto os finais." Sorria desconcertado como quem não consegue explicar direito: "Essa minha ideia vem do jornalismo, que é um grande rodízio. Tudo se repete, é uma dança das cadeiras na política, na economia, no esporte... Mas a repetição também é um conceito filosófico".

Eu balancei a cabeça, e ele continuou. Comentou sobre a

verdade de que, se tudo realmente passa, e não volta, nada tem importância. A única saída é o enorme peso de considerar os ciclos, as responsabilidades eternas. Cada atitude está retornando, por isso cada coisa é extremamente séria.

"Por outro lado", eu disse, "é insuportável ter uma escolha, uma só chance, um minuto a cada vez. Se você considera que tudo, por errado que aconteça, deve ainda por cima voltar, a existência não passa de uma maldição!"

"É possível", disse Caio, e não soube se ele concordava com a vida amaldiçoada ou com a acusação que lhe fazia, de fatalismo. Eu o vi se levantar para pegar o violão e, antes que encerrasse a conversa com qualquer amenidade, adiantei as palavras:

"Eu prefiro que tudo seja múltiplo... mesmo que insignificante."

O choque funcionou. Ele parou, segurando o instrumento pelo pescoço:

"O que você quer dizer?"

"Bom, é a questão dos muitos mundos", esclareci. "Se tudo existe e continua existindo em seus desdobramentos, há um plano de remissão, um lugar onde sou feliz. Um outro agora."

Ele continuou me olhando, enquanto lentamente dobrava as pernas para sentar de novo, pondo o violão entre os joelhos, as mãos lançadas sobre as cordas como se fossem leques.

"Embora eu não possa imaginar situação melhor do que esta", falei. Estava com uma súbita vontade de ouvi-lo, e disse: "Toque".

"Vai ser uma música chamada 'O vento'", ele explicou.

O som se transmuta em labirinto — pensei, enquanto ele cantava. E, se eu tivesse uma asa, ela estaria rasgada como uma cortina.

7.

Enfiei a mão na bolsa e me preparei para gastar um tempo inquieto, revirando coisas lá dentro, procurando a chave. Caio esperava no primeiro degrau da escada, atrás de mim — e custou tanto o processo de remexer nos objetos escuros, ali agitados como numa centrífuga, que ele começou a dizer (era o tipo de comentário quebra-gelo, o disfarce do constrangimento que a outra pessoa deve estar enfrentando por não conseguir fazer nada da maneira correta, com a praticidade adequada ou o êxito tão simples e, justamente por isso, tão esperado), disse algo sobre o fato de não haver chaves em sua casa, apenas uma tranca que se passava por dentro. Quem chegava devia assobiar diante da janela, ou então — se o morador estava ocupado, se não queria sofrer o incômodo de levantar para abrir a porta ao visitante — já deixava a tranca liberada.

"E quando a casa está vazia?", perguntei, lutando agora com a fechadura.

"Sempre fica alguém", Caio disse, e falou dos inúmeros visitantes, os passantes e amigos de amigos, transeuntes que traziam música ou cerveja, ou vinham à procura desses mesmos itens. A casa era coletiva, um burburinho constante, espécie de clube em que as atividades se sucediam nos quartos, na sala ou no jardim. Meu olhar indagou sobre a segurança, sem que eu precisasse formular uma pergunta.

Jamais houve qualquer problema, ele garantiu — aliás, as posses materiais não eram grandes: um televisor velho, os notebooks de cada um (que ficavam nos armários — esses, sim, com chave), utensílios de cozinha, mantimentos... Bom, a comida às vezes desaparecia: iogurtes principalmente, ou biscoitos. O café, ao contrário, tinha propensão a se multiplicar, assim como as frutas e o pão. Sempre uma pessoa chegava com sacolas do supermercado, trazia sucos e água de coco dos vendedores ali da praia. Picolés idem.

Numa situação daquele tipo era difícil dar um *flagra*, supus. Sem privacidade, não há clandestinidade. No vaivém de tanta gente, todos se agarravam, bêbados ou simplesmente amigáveis. O corpo virava algo provisório, circulante. A tentação de ser hippie costumava me rondar, falei — e a prova estava ali: um quarto e sala com chave (admitia), mas caótico em suas disposições. Com a porta aberta, sentimos o mormaço numa lufada de chaleira, um bafo que nos atingia na cara como um tapa, contornava o espaço como um fôlego geral, um hálito quente.

Além das esculturas amontoadas num canto, junto com jornais, trapos e argila, o cortinado inventava um território para a cama e o banheiro, mas na verdade era uma ingênua ilusão. Minhas roupas ficavam expostas em cabides suspensos nas paredes — e não pode existir nada mais íntimo que roupas. Todas elas, novas ou velhas, sujas ou limpas, oferecidas à vista.

O varal permanente me identificava com os párias, os aventureiros que atravessam continentes. Nos muros se pendurava minha lembrança de um gesto nômade, como se acenassem para mim as bandeiras de outras possibilidades. Eu me sentia meio mendiga também — era esquisito dizer isso, porque afinal tinha um teto, não dormia ao relento como os miseráveis enrodilhados na calçada, ou dentro de barracas de camping, ao estilo dos refugiados que começavam a se amontoar nas pontes francesas.

Acho que me senti pedinte a partir do instante em que saí da casa de Zeno e me expus às circunstâncias — *qualquer circunstância*. Era a hora de falar sobre isso. Caio não estava ali para me entrevistar sobre um relacionamento passado, e sim para ver o que eu fazia em matéria de arte — mas finjamos que ele é um amigo, não somente um jornalista, mas um jornalista-e-algo--mais. Caio parece adivinhar minhas pretensões. Agora que entramos, senta-se na única poltrona que existe na sala, enquanto me acomodo na banqueta em frente à pia da cozinha.

8.

Foi exatamente por uma cozinha — mas muito maior do que esta, que mal se delineia pelos limites de um fogão, um minibar e uma torneira — que saí para estar solta, completamente jogada num espaço, à deriva pelo mundo. Algumas pessoas dizem ficar sem chão depois de um grande choque. Eu fiquei sem portas e paredes, fiquei num palco a céu aberto — e nesse ponto me tornei pobre: não possuía nenhum biombo, pedra ou proteção, nenhuma árvore atrás da qual pudesse me esconder. Nenhum disfarce; tudo explícito, aberto demais. Tão insuportável que eu precisava fugir.

Lembro que entrar no avião foi um alívio. Presa numa cápsula metálica, com espaço mínimo entre os joelhos e a poltrona da frente, o cotovelo ameaçando bater no passageiro ao lado, tive um conforto. A vida inteira estava no meu próprio corpo espremido no assento, mas levado a milhares de quilômetros por hora.

Quanto mais eu me afastava, mais jogava na direção do passado o rosto de Zeno, a forma com que ele se levantou do sofá, como se tivesse um dispositivo de mola nos pés. Ao lado dele, a mulher continuou sentada, franzindo a testa ao me ver. Creio que ela se ergueu só quando Zeno começou a caminhar, o rosto primeiro lívido, e então subitamente manchado na testa e no queixo. Fiquei reparando naquelas áreas vermelhas, enquanto ao mesmo tempo registrava o fato de que a mulher devia ser tão alta quanto eu — mas era uma loira falsa, do tipo que esfarela o cabelo de tanta pintura.

A mulher pôs a mão no quadril, esclarecendo com essa atitude que não era uma cliente, não podia confundi-la com qualquer mãe ou tia de noiva que viesse contratar a limusine. Zeno a mostrava com gestos de mágico que apresenta a cartola: minha esposa, Adelaide.

Esposa. E eu, exposta. Posta na situação ridícula de ser identificada apenas como a fotógrafa que trabalhava em parceria com Mister Z. Tão *de confiança* que possuía a chave do apartamento para vir deixar os álbuns em diversos horários, atendendo à pressa dos fregueses. Zeno me conduzia à medida que falava, andando com breves toques dos dedos nas minhas costas:

"Hoje ela só veio pegar uns contatos telefônicos, Adelaide", e me levava rumo à cozinha para evitar confrontos. "Não deve demorar, não é, Lu? Ainda assim, venha tomar uma aguinha."

Ao sairmos da sala ele cochichou, nervosíssimo:

"Tive que fazer sua mala. Está na área de serviço. Pegue esse dinheiro para o táxi." Tentou me dar um absurdo beijo na boca, de despedida — mas eu, embora muda e atordoada, recuei.

A última coisa que ele viu foi minha expressão de nojo. Sei disso porque meu rosto se refletiu nas panelas de inox no alto das prateleiras. Era um rosto de quem estava prestes a vomitar.

9.

"Essas esculturas são um tipo de purgante?", Caio me perguntou, e eu sorri, após ter demorado meio minuto para entender.

"Ah, não sei. O Zeno nem merece tudo isso. Não são esculturas *por causa dele*, embora tenham sido feitas depois dele", respondi, oscilando um pouco nas ideias e com vontade de lhe apontar o objeto mais desgracioso e dizer: "Esse, sim, parece com Z". Mas me contive a tempo; devia existir um tipo de solidariedade inconsciente entre os homens, seres de igual espécie apesar de nem todos pertencerem à mesma categoria, pensei, lembrando uma conversa que tivera com Alícia meses atrás.

Na ocasião, ela me explicou por que tinha escolhido Igor para marido. Bom emprego, idade adequada, família tradicional... ela enumerou os itens como se descrevesse um bem de consumo. Tão estrategicamente planejada, Alícia. Caso-me com este homem, tenho um filho, sigo pelos degraus previsíveis. Um apartamento maior no ano que vem, uma casa na praia, férias em Miami, outro apartamento — desta vez para alugar, e no nome do filho —, coisas similares, e daí por diante, até a morte na velhice, deitada sob lençóis com a logomarca de um importante hospital. O tarô de d. Áurea poderia confirmar tudo; Alícia sorriria de satisfação: que vida boa. Quanto a mim, afundaria no desespero.

"A vantagem dos afundamentos é a paisagem subterrânea", disse para Caio. Talvez ele não tenha entendido o meu salto temático, mas concordou com a cabeça, então continuei: "É uma paisagem *diferente* da que se vê na superfície. Isso já é uma vantagem. Ou um aprendizado".

Eu agora lhe mostrava uma caderneta com esboços inspirados em Brennand e Bourgeois, e também nos produtos do Sexodrome:

"Se você pensar bem, parecem plantas aquáticas, daquelas que ficam nas profundezas, nos abismos."

Estávamos olhando uns rabiscos longos, muitas vezes engrossados pela linha insistente do lápis. Idas e voltas, feixes sobrepostos.

"É verdade", disse Caio, "mas as peças dão uma impressão menos fluida. São... mais concretas. Mais firmes."

"Pode ser", respondi. "De qualquer forma, para mim tudo é maleável, porque sei como foi feito. Eu gosto da argila. Ela me dá a sensação de criar diretamente da terra. É como se esculpir fosse igual a plantar."

10.

Caio saiu, após a nossa conversa, e nada extra aconteceu. A cabeça lateja de pensamentos; há momentos em que sou arremessada a um espaço diferente, de repente tudo se torna vaporizado e vejo, vejo como se fossem fotografias superpostas. Se existe o fenômeno da persistência retiniana, por que não haveria algo assim em relação às presenças? Continuamos *vendo*, quando as pessoas e paisagens não estão mais lá, ou quando nós mesmos nos ausentamos, somos extraídos do ambiente.

Acontece neste momento. Um vagão de trem se projeta na parede, o trem que me leva a Liège. Diante de mim, viaja um homem desconhecido: estamos sentados um de frente para o outro, mas ele tem os olhos fechados. À medida que adormece, o seu braço, que se dobrava sobre o peito, vai descendo em direção à coxa esquerda, tão lentamente quanto um boneco mecânico que tem sobressaltos sistemáticos e depois relaxa, até que lhe venha um novo pinote.

Eu sinto a superfície de pele viva que somos todos nós.

E paralelepípedos tremem sobre o piso de madeira desta sala. É uma espécie de aura que as coisas contêm: eu sinto a energia das calçadas. Volto àquele trecho da Rue de la Wache, o pavimento que me dava a sensação de andar sobre tijolos — como se estivesse percorrendo muros, escalando as pedras da igreja Saint-Denis, suas irregularidades e tons do cinza ao vermelho, com manchas amarelas, a torre escavada, sinuosa de certo ângulo. Eu chegava perto dos pássaros, donos dos telhados e dos picos. E tinha sob os pés a sensação que deve haver sob suas garras — exceto o frio. Ou melhor, o frio também, com a chuva a me ensopar as botas.

Se ainda penso que meus pés estão úmidos por um efeito de memória, imagino o que acontece em outros casos. Os casos graves.

"Somos todos sobreviventes de alguma coisa", eu disse a Igor e Alícia, logo que voltei da viagem. Mas recebem esse título os que estiveram por um triz — ou *souberam* disso, deram-se conta de estar inteiros; perceberam com espanto a própria respiração enquanto ao seu lado trouxas compridas se largavam na poeira, e eram pessoas aqueles rolos de pano nas posturas esdrúxulas, caídos como se um caminhão houvesse perdido pelo caminho a carga que ia na caçamba. Os que podem acordar nesse tipo de cenário formulam a palavra *milagre*, é a primeira que pronunciam, muito antes de horror, desgraça. É a palavra egoísta de quem se salvou.

"Mas na verdade todos nos salvamos. A cada minuto podíamos não continuar vivos por qualquer circunstância", eu disse, e Igor riu, sacudindo-se: "Você voltou bem mística". Alícia somente flexionou o pescoço, passou a mão na barriga onde o bebê ainda estava.

"Seria preciso uma forte amnésia", escrevi no caderno que resgatei, meio soterrado sob pentes, presilhas de cabelo e o que mais minha bolsa despeja na cama agora. A memória é uma confrontação. Os amnésicos se protegem fugindo para o vazio — a promessa de um novo começo. É o amniótico de Jean no ventre quase seco, que o sustentava equilibrado sobre o fio da morte de sua mãe.

O sono também resguarda: eu venho dormindo à semelhança do homem no trem, como quem despenca e desiste. Porque é tão custoso manter-se acordada! Tenho a nítida noção de que, se algum dia tiver que lutar para me manter viva, não farei lá grande esforço. Nada de me agarrar a tubos ou máquinas de respiração artificial — adeus, não insistam.

Olho o céu pela janela. Um pombo voando faz pensar em malabarismo com facas (as asas eram lâminas). O recado que teria para tudo é: não me incomode. Minha janela cria uma proteção; posso sempre estar atrás dela. Uso óculos escuros e mesmo assim me incomodo com esse brilho implacável do dia. O fulgor atravessa a película fumê, fosforesce quando bate em espelhos, superfícies laminadas. Talvez eu sofra de fotofobia — uma verdadeira tortura nesta cidade. "Eu gostaria de mais penumbra em Fortaleza. Nem por isso ela seria triste", digo em voz alta.

Quanto à violência, gostaria de ter declarado, para que Caio levasse ao jornal:

"Acho que aprendemos a considerar desgraças como episódios nobres — a ponto de nos sentirmos humilhados se ocorrem banalidades com um peso intransponível. Se as coisas são pequenas, deviam ser removíveis. Ver que mediocridades se enraízam é a comprovação da nossa impotência. Os seres humanos são tão incapazes quanto árvores ou pedras, quando se trata de escolher um destino."

Não creio que ele fosse publicar — mas pouco importa. Escrevo estas palavras, e elas então acontecem.

11.

Essa caderneta é uma espécie de diário de viagem. Tinha desenhado nela a cabeça de Étienne, nem me lembrava, mas de repente ela salta, o cabelo ralo no lápis, os lábios finos, um risco — e retorna a memória das mãos, do gesto de desenhar. Foi na manhã em que o vi dormindo, a única em que acordei ao seu lado. Ele descansava tranquilo, estranhamente dócil para um homem tão alerta. Tínhamos passado a noite no sexo mais intenso que eu já tivera, e foi fácil confundir a sensação de prazer satisfeito com ternura. Eu o olhei então dormir, pensando que ele seria acessível.

Havia um bicho inocente em seu sono, apesar da ruga que continuava dividindo suas sobrancelhas. Eu tiraria essa ruga no desenho, ia fazê-la sutil a ponto de desaparecer. Todas as outras imperfeições, eu mantinha: a pálpebra esquerda um pouco maior, o desvio de septo que tornava seu nariz irregular, a calvície... Mas aquela ruga tão incisiva, o sinal de sua preocupação permanente, deixou de ser colocada. Lembro que hesitei — tão fácil completar um retrato fiel. Bastava um risco vertical, uma estocada. Nenhum traço demorado como o que precisei adotar no desenho do queixo e do pescoço; a ruga era um golpe curto, mas eu o fiz lentamente como quem prepara uma transparência.

Posso me rever na postura, desenhando. Minhas pernas em semilótus sobre a cama de Étienne, no quarto cheio de livros em todas as paredes, compêndios científicos, revistas raras que não ousei tocar. A janela à direita está fechada mas deixa escapar uma luz, como se fosse fumaça saindo da chaleira. Sob esse vapor luminoso, eu penso em nós — ele dormindo, eu fazendo o seu rosto. O matemático e a artista, um belo par.

Óbvio, nem sonhava que horas depois fugiria desse homem. Também agora, talvez eu esteja a um tempo mínimo da decepção que vou sofrer com Caio... E se a vida inteira for um jogo de enganos? Existe a tentação de *se poupar*, manter a distância em qualquer caso, porque adiante as coisas podem mudar: o amor vira inimizade, as boas lembranças parecem ridículas, oh, como fui estúpida. Mas se alguém atingisse a imparcialidade absoluta, o relativismo que embota, nivela todos os sentimentos — isso ainda seria viver? Ainda haveria mapas astrais prevendo reviravoltas?

Na caderneta, descubro dados de minha visita ao Archéoforum em Liège. Aparentemente, fiquei impressionada com certas colheres, pinças ou fíbulas de bronze, assim como com os pratos, os vasos antigos. Mencionei extratos de sílex pré-históricos e restos de um capitólio romano (do século XII). A cabeça de um homem, assimilada a um profeta (em estilo gótico), era uma peça da catedral carolíngia que um dia existiu na praça — por que não desenhei essa cabeça?

Poderia compará-la com o rosto de Étienne.

Poderia deixar as duas terem o mesmo destino soterrado.

12.

Alícia encarregou-se de descobrir coisas sobre Adelaide — porque, conforme disse, era muito estúpido que eu tivesse vivido meses com um homem sem saber que ele era casado.

"Não no papel ou na igreja", ela esclareceu, apesar de eu dizer que não estava interessada. Assim mesmo havia uma curiosidade mórbida em ouvir: a tal mulher trabalhava com motivação empresarial, coach, esse lance de autoajuda para empresas. Viajava a maior parte do ano, fazendo palestras.

"E vou te dizer que o dinheirinho do Zeno vem quase todo dela", Alícia ressaltou. "A limusine, pelo menos, está no nome da madame. Não pense que foi um presente."

"Com certeza, não", suspirei. O apartamento inclusive devia ser alheio. Duvidava que Zeno um dia tivesse tido a iniciativa de adquirir algo próprio, pensando em no futuro dividir, construir uma relação com alguém.

Mas a tal Adelaide não parecia ingênua; era uma golpista à sua maneira. Fazia acordos milionários, e suas parcerias envolviam transações igualmente financeiras e sexuais. Alícia começou a me informar sobre números em aplicações bancárias, investimentos.

"Eu pensava que existisse algum sigilo nesses dados. Deixe ver" — estendi a mão para as páginas que ela vinha passando, os óculos na ponta do nariz.

"Claro que existe. Até que você conheça certo funcionário da Receita Federal... Ele acessa tudo de um CPF em troca de uma regalia. Ou melhor, tudo o que está *oficialmente* declarado no CPF."

"O.k. Mas e os outros dados? Sobre as transações sexuais?"

Alícia gargalhou com uma ironia que eu nunca tinha percebido nela:

"Minha amiga, você ainda não sabe que advogado é uma espécie de detetive?"

Devolvi os papéis. Imaginava então por quê. Se Adelaide era tão poderosa, passando a rodo os homens que queria — ou que lhe convinham —, por que deixava Zeno morar na sua casa, usufruindo de seus bens enquanto ela trabalhava? O máximo que ele fazia, em termos profissionais, era vender uma retórica comercial, oferecendo um espaço de luxo automobilístico para aniversários, passeios românticos, casamentos. Enquanto ela aplicava sua lábia em auditórios pelo país, ele só dirigia a limusine em noites específicas, concentrando-se em passar pelas ruas apertadas, chacoalhar o menos possível a cabine e estacionar, enquanto lá atrás iam até oito pessoas nos bancos de couro, sob um teto solar gigante, luz de néon no corredor, sete saídas de ar-condicionado, DVD player, TV e duas telas menores de reprodução, espelho no teto, cooler e vários porta-copos espalhados pela cabine, bomboniere...

"Sim, e por estes valores aqui" — Alícia apontou uma linha de um relatório — "o seguro do carro e os gastos com manutenção não são responsabilidade do Mister Z..."

"Pior. Você imagina algum motivo?"

Ela me olhou respirando fundo. Disse: "Perversão". Mas depois acrescentou: "Ou ela é mais uma dessas mulheres que não enxergam a vida em que estão".

Adelaide devia se despir para Mister Z sem avaliar o ridículo daquele homem franzino, de pernas brancas e frias como as de uma rã. Ela se excitava muito mais com os próprios peitos, o cabelo, a boca siliconada. Era pervertido, sim, pensar que o homem *não merecia* estar ali, nada nele chegava aos pés do esforço que ela gastava nos salões de beleza, nas academias de ginástica. Ele às vezes sequer fazia a barba — e nem se preocupava com técnicas de prazer. Era insistente nos movimentos, apenas.

Por que era tão difícil perceber?

Mas o meu convencimento foi tão lento. E demorou para que chegasse à estimativa que tenho, de que a maioria das pessoas que conheço são rasas e dispensáveis. Eu entrava na mania de que "todo mundo tem algo a ensinar" e me metia em situações falidas, porque procurava, procurava, e nada de aparecer o tal ensinamento valioso. Quando admiti que essa lição na verdade não existia, e as pessoas eram triviais *mesmo*, fiquei mais tranquila, sem ansiedade — assim como um ateu, que perde a ânsia por milagres.

Se ocasionalmente me surpreendo, a novidade vem como um brinde: "Ora, afinal Fulano disse algo interessante!", comemoro intimamente, e a alegria parece mais intensa porque veio sem expectativa. Na dúvida, hoje só me permito esperar inteligência de pouquíssimos conhecidos. Com os outros, entro no jogo social, tento passar por eles como se cruzasse uma nuvem de fumaça.

13.

"Paris é a capital mundial da matemática", Étienne falou, guardando em seguida um silêncio que tinha o objetivo de cavar impacto.

    Eu balancei a cabeça, tomei um gole de café. Capital mundial dos perfumes, da arte ou dos cálculos, tudo era tão amplo que paradoxalmente embotava. Estava somente interessada naquele homem à minha frente, com sua camisa de lã alternadamente macia e encaroçada. Concentrava-me nas texturas de sua roupa, na pele do pescoço ou do rosto, tentando imaginar o que viria. A mala que eu tinha retirado do quarto do hostel descansava aos meus pés — mas logo continuaria o caminho até a casa de Étienne. Eu me tornaria a amante de um francês desconhecido, alguém que tentava me contar um pouco da sua profissão, na lanchonete em que fazíamos uma pausa civilizada. No fundo, ambos queríamos sexo, muito sexo, e o mais rápido possível. Mas o procedimento elegante consistia em disfarçar.

    Àquela altura, eu também não sabia se Étienne era um homem, por assim dizer, *carnal*. Esperava que sim, porque precisava de uma aventura que me esbaldasse o corpo — cenas que mentalmente esfregaria na cara de um Zeno estupefato, cada vez mais ínfimo com sua mulher loira-falsa. Eu imaginava que a transa seria filmada para depois eu enviar aos dois — ou melhor, imaginava os dois no quarto, escondidos em armários, suspirando por se verem tão impotentes, tão aprendizes diante do amor francês.

Mas, enquanto escutava sobre a beleza dos números, não tinha a menor garantia de que as expectativas de prazer se cumpririam. Étienne falava sobre Cédric, sobre a Medalha Fields. Eu comecei a rabiscar coisas na minha caderneta, ao lado da xícara vazia. "Boltzmann", lembro que anotei e fiquei engrossando o círculo do "o" enquanto ouvia sobre a equação: que ali se encontrava de tudo, a física estatística, a flecha do tempo, a análise de Fourier. E ninguém mais do que Cédric Villani conhecia o universo matemático ativado por essa equação.

"Quero apresentá-lo a você", disse Étienne, tocando na mão com que eu segurava a caneta.

Por um instante pensei que no seu quarto, em vez dos fantasmas de Zeno com a esposa, encontraria — de maneira bastante material — o seu chefe, diretor do Institut Henri Poincaré. Étienne, entretanto, cortou meu princípio de susto:

"Mas isso vai ficar para outro dia", falou, dando umas batidinhas na mesa com os nós dos dedos. Em seguida, levantou-se para pagar a conta do café. Voltou estendendo o braço com o cotovelo bem longe, para que eu me apoiasse ali, e saímos juntos, feito um casal velho.

14.

Caio me disse que depois do sexo os sons do mundo se tranquilizam. Ficam mais densos, como se estivessem dentro de bolhas:

"É um tipo de mormaço. Você já viajou pelo sertão? Já viu o horizonte tremendo de calor? Essa é a ideia; tudo treme, tudo ondula após o gozo."

Ele me fazia prender a respiração para atentar aos barulhos distantes da casa. Pássaros, alguém tocando uma campainha longínqua e em seguida chamando por um nome — indistinguível. Sons de panela numa cozinha qualquer, um cão. E agora, nada. O murmúrio das folhas, o zumbido trivial de um inseto. Outra vez, nada. Uma flauta em poucos acordes, logo abandonados. E o som da pulsação, Caio, enquanto repouso no teu peito. É como se alguém boxeasse contra um saco de sangue quente.

Saímos da terra dos sons abafados de volta ao mundo real. Na loja em frente, põem um samba para tocar. A energia faísca por dentro de nós, precisamos levantar, sair. Enquanto me visto, imagino como seria morar nesta casa. Não estou fazendo projeções românticas — Caio desapareceu dentro do banheiro e deixou de ser incluído no meu devaneio, que aliás é um simples exercício inevitável. A cada vez que entro numa residência, sou levada a habitá-la em pensamento.

Tudo começou quando eu tinha seis anos e meus pais buscavam um novo local para morar. Aos fins de semana programávamos verdadeiros passeios que começavam na imobiliária, para pegar chaves e contatar um tipo de guia turístico — o corretor, que durante as próximas horas nos levaria por pelo menos três paisagens. Entrávamos em casas vazias ou ainda habitadas. Nestas últimas havia certo embaraço, como se forçássemos uma intimidade com gente desconhecida — ou então como se fôssemos repórteres, um bando inteiro invadindo a domesticidade de alguém, para fazer perguntas do tipo: há quanto tempo vocês moram aqui? Por que estão querendo se mudar?

Se o corretor fosse a única *pessoa estranha* nos passeios, tudo se tornava mais espontâneo. Enquanto ele apontava para os extremos de uma sala, indicando fenômenos de ventilação, eu escapulia pelos cômodos. Observava cada detalhe, o tipo de piso, as janelas, a presença de pregos na parede, resquícios de moradores, uma lista telefônica no chão, um sabonete duro na pia. Aos poucos, o grupo de adultos — meus pais e o corretor — se aproximava, as vozes alternando perguntas ou elogios à medida que avançavam.

"Ora, aí está você, Lu. Gostou da casa?", alguém sempre dizia, e isso indicava o fim da visita. O corretor terminava suas explicações de guia, apontando o teto, falando da época da construção, do estilo arquitetônico — e finalmente inclinava a cabeça com um jeito conspirador, como se escolhesse meus pais para revelar uma verdade secretíssima: "Não demorem em fechar o negócio. Há muitos interessados".

Depois que encontramos a residência ideal e passou o período de mudança — quando enfim minha família se viu instalada, cumprindo horários rotineiros e vivendo sem sobressaltos —, uma sensação de tédio pesou nos finais de semana. Então meus pais decidiram voltar às imobiliárias, dessa vez sem intenção alguma de compra, apenas para manter um passeio ao qual estavam habituados. Eu vibrei com a possibilidade de continuar com meu exercício de imaginação, fazer de conta que as paredes tinham cores diferentes, mobiliar espaços desertos, pensar nos ruídos cotidianos a ser criados num local. E, conforme uma luz caísse pela janela ao sul ou, quem sabe, se a sala se abrisse repentinamente para um pátio, existia um real desejo de habitar.

Agora, porém, eu tinha sido instruída a responder com desânimo se me perguntassem sobre a casa. Meus pais haviam me assegurado que na condição de criança eu não precisava de argumentos para rejeitar algo. Com eles, era complicado: os corretores ficariam insistindo, telefonando para tentar convencê-los. Se ficasse claro que a filha não queria morar ali, colocava-se um ponto-final no assunto e a diversão de nossas visitas aos sábados continuaria por várias paragens.

Não foi assim que aconteceu. Jamais disfarcei meus entusiasmos — e determinada casa me fez cair de fascínio: a janela com vitral circular, o quintal com estátuas de flamingos, o banheiro que se descobria, disfarçado por entre as portas de um armário... Calei quando me fizeram a pergunta de praxe, mas percebi que o corretor argumentava sobre os preços, de fato comparava os valores do mercado, a casa bem mais barata do que seria possível naquele bairro. Minha mãe titubeou: também tinha se apaixonado — depois admitiu —, principalmente pelo jardim com rosas e crisântemos. Meu pai se enfureceu ao ver nós duas abandonando o pacto. O corretor ganhava fôlego com os números e tabelas que apontava na prancheta.

Creio que em algum momento comecei a bater palmas e

dizer que sim, queria morar ali, por favor, vamos, vamos? Percebi um olhar interrogativo de minha mãe para meu pai um pouco antes de ele rosnar, explodir numa confissão: "Não vamos mudar coisa nenhuma! Vocês estão loucas, esquecem que acabamos de comprar uma casa, faz dois meses?". O corretor assumiu instantaneamente uma feição ultrajada.

"A partir daquele momento, abandonamos a diversão e fiquei com essa nostalgia de ingressar nas intimidades", falei para Caio.

Fomos andando enquanto eu falava, e não percebi como havíamos chegado à avenida Rui Barbosa. Estávamos parados no semáforo do Ideal Clube, eu comentando que meus pais tinham voltado a morar no Cariri. O sorriso de Caio se desmanchou à medida que passamos pela alternância de prédios baixos e antigos com arranha-céus modernos. Os pais dele tinham ficado no interior de São Paulo. "Muito mais longe", comentou.

Após cruzarmos a rua Pereira Filgueiras, árvores grossas escureceram o caminho do lado esquerdo. O cheiro das folhas no chão criou um outono mínimo. Tive a sensação de que iríamos tropeçar um sobre o outro a qualquer instante, mas o cruzamento com a Costa Barros trouxe novas áreas de intenso tráfego e luz.

Passam por nós pedestres com guarda-chuva, mas não porque exista algum tipo de temporal à vista. O sol é a verdadeira ameaça, e aqui se inventam sombras, proteção sob esses cogumelos de pano. Não há garantias de que se encontrem árvores constantes perto das calçadas: cada vez menos se preservam plantas, e, a cada peroba, ipê, carnaúba que arrancam, perde-se um pulmão. Ganha-se um prédio, reluzindo metalicamente na paisagem, subindo incandescente, enquanto lá embaixo as pessoas persistem com seus óculos escuros, levando acima dos corpos qualquer coisa que seja mais eficaz que um chapéu, tão perto da cabeça, fermentando com o calor. Eu mesma gostaria de um toldo permanente, ou uma roupa com ar-condicionado, algo que me salvasse dessa pequena combustão diária.

Depois da avenida Santos Dumont, viramos a primeira à direita, na esquina da igreja. A partir daí, foi uma sequência de ruas silenciosas, casas (e um restaurante na penumbra). Chegamos à esquina do meu apartamento — o joelho tinha voltado a incomodar —, e ouvi Caio comentar sobre sumiços, uma frase do tipo "É preciso lidar com os desaparecimentos".

Nós nos beijamos com rapidez; eu pensava em como subiria as escadas com tamanha dor. Só após entrar em casa, tomar um banho e um analgésico, me veio a dúvida. Ele se referia aos pais ou àquilo que, no futuro, iria se apagar entre nós dois?

15.

Há pessoas que estão fadadas a isso: desaparecer. Não para sempre, nem para todos — num círculo estreito de convívio, alguns conhecem o paradeiro dos reclusos, visitam os eremitas, ajudam os clandestinos. Mas esses por sua vez perdem contato com outros, mais próximos e acessíveis. Transeuntes que viajaram por semanas com igual trajeto de ônibus, trocando olhares de reconhecimento, mas nunca palavras, um dia sentem o vazio. Sem mudança de horário ou de linha, aquela pessoa desapareceu.

O cliente assíduo do bar (será que morreu?), a garota que passeava com o cão na praça (mudou-se?), o apresentador de um telejornal (férias?), a faxineira do prédio (demissão?). Sua ausência é mais ou menos sentida como se em vez da costumeira árvore certa manhã topássemos com o vácuo: uma chuva na véspera derrubou o carvalho. Ou talvez não seja tão notável — sentimos o choque mais diluído. Um desconforto no lugar do espanto, algo semelhante a estranhar um sabor (falta açúcar aqui) ou textura (essa camisa está encaroçada). Até atinarmos com o motivo da estranheza, demora um pouco. E, quando ele vem, traz a melancolia da perda, um ahhh! Perdeu-se. Passou.

Mas há os que se apagam dentro do previsível. Eu já esperava que Anastasiya, por exemplo, fosse uma personagem de única aparição na minha vida, uma das coadjuvantes de meio minuto que surgem durante as viagens. Abordamos alguém: "Pode me tirar uma foto?". E depois "Grata, tchau", embora na verdade seja "Adeus, nunca mais nos veremos". Ela era apenas a garota que trabalhava no hostel — ucraniana, conforme se apresentou, fazendo o piercing repuxar a boca ao sorrir. Informou-me sobre tarifas quando cheguei, mostrou o quarto, perguntou de onde eu era. A simpatia convencional.

Dois dias mais tarde, quando encerrei minha estada, ela não estava lá. Devia ser o seu dia de folga, e gastei no máximo três segundos pensando em seu rosto, substituído pelas feições de um rapaz latino a me entregar o recibo. Na calçada do hostel, Étienne me esperava para que fôssemos à casa dele. A imagem de Anastasiya se evaporou por completo.

Deve existir um mecanismo cerebral, uma lei de economia da memória agindo nesses casos. Sabemos que não é útil guardar tal informação, jamais toparemos de novo com a pessoa — então, por que reconhecer sua fisionomia, fixar seu nome? É natural dispensar a figura inteira como lixo não reciclável da mente. O futuro virá sem o retorno daquela personagem, não precisamos mais nos preocupar com ela.

Mas eu tinha voltado a encontrar Étienne.

E, contra todas as probabilidades, também Anastasiya.

Na tarde em que fugi pelo metrô, saí numa estação qualquer. Desci por impulso, não sabia onde, e me enfiei numa lanchonete porque pareceu a melhor opção para descansar um pouco e pensar. Então, após alguns minutos, enxerguei a moça loira comprando cigarros no balcão. Ela usava a blusa amarela com estampa de bananas — a mesma com que me recebeu no hostel. E reprisei o gesto que vinha maldizendo, chamei o seu nome justo como havia chamado o de Étienne, no efusivo reencontro dias antes. Anastasiya me sorriu, receptiva à coincidência.

O piercing era uma espécie de nó unindo as metades do seu lábio inferior. Eu não conseguia parar de olhar para ele, enquanto lhe contava atropeladamente sobre o matemático maluco e pedia uma dica, um conselho, algo que me desse uma luz sobre o que fazer. Ela me escutou sem surpresa; parecia divertida e solidária com meu embaraço. Quando terminei a história, respondeu que eu precisava sair de Paris. Não havia garantias de que mais um encontro ocasional pudesse ser evitado.

Era uma pena desperdiçar dias de viagem — mas óbvio que eu ficaria nervosa, incapaz de aproveitar os passeios. A estatística praticamente eliminava a razão do meu medo, mas isso não servia de argumento para mim — ou para Anastasiya.

"As energias de atração são muito mais fortes que a lei da probabilidade", ela disse. "Se você está pensando tanto nesse Étienne, é lógico que vai esbarrar com ele por aí."

Ela continuava em pé, segurando o maço de cigarros, enquanto eu parecia grudada na cadeira da lanchonete — mas, no instante em que ela decidiu "Venha", eu me levantei como se um trampolim tivesse me projetado, e a segui.

A noite estava no começo; no bar da Madeleine o movimento era discreto, somente um par de casais à sombra cochichava sob a música ambiente. Jean — que Anastasiya me apresentou como sendo o seu namorado — começava a preparar coquetéis. Bitter de absinto, com Chartreuse, bitter de menta e Peychaud, usado num drinque clássico associado a Edgar Allan Poe: ele me explicou com voz baixa, enquanto prosseguia nas combinações.

"O bitter mais famoso é fabricado em Trinidad e Tobago,

com uma fórmula secreta do século XIX. O segundo mais famoso é o Peychaud, produzido em New Orleans", Jean recitou, e captei um revirar de olhos de Anastasiya ao meu lado, no balcão.

Quando o namorado se afastou para alcançar um utensílio qualquer numa prateleira, ela disse aos sussurros que aquele era o seu modo de recepcionar uma pessoa. "Ele acha que explicar os drinques faz alguém se sentir confortável", acrescentou, e Jean voltava, comentando a respeito da existência de bitters de aipo, de lavanda, de grapefruit.

Então ele pôs à minha frente um Boston shaker, um copo misturador. Conforme esclareceu, devia ser usado com a coqueteleira para drinques batidos, mais refrescantes ou cítricos. E — nesse instante seu rosto se animou — levantou o indicador para o alto, antes de mostrar o que considerava um mimo: a colher bailarina, usada em drinques mexidos. Fiquei olhando a peça reluzir, o cabo numa trança, a concha em forma de lágrima.

Anastasiya, agora sem se incomodar em ser ouvida, debruçou-se na minha direção: "Em um instante ele vai parar, não se preocupe".

Os dosadores me pareciam instrumentos de liturgia, ou ampulhetas misteriosas. Talvez eu estivesse com a adrenalina tão acelerada que absorvia cada detalhe com fascínio; de repente o meu destino pouco importava, a única coisa interessante eram as bebidas. Jean, a despeito do que a namorada havia dito, empolgava-se. Garantiu que eu precisava ver no YouTube Gianluca Magri produzindo o drinque Symphony nº 10 — um tipo de martíni em que, no final, se borrifa essência de bergamota, para perfumar. Estendeu-me o celular após breves segundos, e eu mergulhei no vídeo, na coreografia da preparação com a tal colher bailarina mexendo o líquido em hipnotizante regência, criando torvelinhos, furacões aquáticos, a batida com o dedo levantado, ágil.

"Não é incrível?", Jean perguntou, recebendo o telefone de volta, e eu concordei.

Ele ainda me falou de absintos, azuis ou verdes. E mostrou a taça Pontars-Liers, onde a bebida deve ser provada. Falou sobre o duplais, um tipo específico quase impossível de tomar puro, porque a erva — artemísia — é muito amarga. Geralmente se filtra o absinto através de um cubo de açúcar, disposto sobre uma colher especial, uma espátula com furinhos, equilibrada sobre o copo. O açúcar só dissolve quando se acrescenta água, e esse procedimento é conhecido como "absinthe drip", porque provoca uma bebida que parece ferver quando o açúcar é diluído.

Anastasiya bufava de impaciência, mas Jean misturava os ingredientes, parecendo um químico em seu laboratório ou um menino com seu jogo de alquimia. Era o momento que ele mais gostaria que durasse, mais até do que a degustação, e no entanto era tão rápido. Misturou suco de limão, grapefruit e tangerina; depois, um xarope caseiro de canela, pôs o Beefeater 24 e deu a sacudida, como se manejasse um reco-reco. Serviu numa taça de vinho pequena, em cujo pé reluzia uma esfera oitavada. Ela jogava estrelas de reflexo, quando a lâmpada incidia de modo favorável — e eu estava convicta de que também isso era premeditado.

"Delicioso", eu disse, e Jean relaxou as feições como se recebesse uma sentença de liberdade. No minuto seguinte, creio que estaria disposto a nos deixar, mas eu perguntei, interessada numa garrafa, o que havia ali.

"Kina Lillet", ele respondeu, "um aperitivo de quinina, mas próximo do vermute. Hoje infelizmente extinto."

"Falando em extinção", Anastasiya interrompeu, "preciso ajudar esta amiga a sair de Paris, então acho que seria bom a gente discutir a respeito."

Foi uma espécie de senha para que Jean calasse, instruído a se retirar. Mas a ucraniana de repente teve sua ideia redentora:

"Espera aí, volta, você falou em vermute. Quem gosta disso não é a sua irmã?"

"Mélanie, sim", devolveu Jean, com a voz ínfima do começo. E Anastasiya abriu os braços, quase me fazendo espirrar o segundo gole que eu provava:

"Está decidido! Você vai para a Bélgica!"

O LEVE

1.

O meu rastro de fuga, se alguém pudesse vê-lo, era uma serpente oleosa entre dois países. Embora pudesse parecer um trajeto firme traçado pelo trem, a viagem ondulou o tempo inteiro. Fui levada escorregando, a cabeça um nevoeiro confuso pela noite cheia de bebidas, sem um minuto de sono. Um bando de pássaros voava no formato de um bumerangue, e tentei acompanhá-lo com a vista, percebendo as brechas, os vazios que se criavam e desapareciam no desenho. Eu sabia que aquilo ia ser uma só vez na minha vida — mas não resisti ao cansaço e adormeci.

Adormeci tão espontaneamente como agora há pouco e acordei com o mesmo barulho.

Há um líquido à nossa frente, Caio. Aqui em sua casa estranhamente quieta, abafada pelo som da chuva que olhamos da janela da cozinha — a janela que se abre para o mar à distância de uns quinhentos metros —, temos essa junção de fluxos verticais e horizontais se unindo. O cheiro do café que você me entrega é a combinação perfeita, junto com o aroma de terra molhada, a areia da praia já completamente escura e pegajosa. Não faltaria nada para anunciar o que vamos fazer — *devemos fazer*, não há retorno possível.

Você chega tão próximo quanto a xícara em minhas mãos, afasta a mecha do meu cabelo descendo diante do nariz e da boca, um pêndulo de fios posto para o lado. Eu procuro às cegas a bancada da mesa ou da pia onde possa largar a xícara; nosso beijo é cinematográfico, mas faltaria uma espécie de contrarregra, a mão invisível a se livrar do café incômodo, um empecilho assim como os teus óculos, as nossas roupas.

Semelhante à figura afilada das aves no céu, encontro o teu perfil ereto. Seguro-o nas duas mãos, provo, e são os teus gemidos que entram primeiro no meu corpo, Caio, é essa orquestra sob a batuta que eu conduzo, puxo para os movimentos rítmicos, em pé. Nós dois somos perfeitos na composição, tua língua contornando o meu seio, tuas mãos nos meus quadris — como se ali houvesse alças, asas a trazer e levar —, as unhas com que arranho suas costas, e tua cabeça novamente levantada, perto da minha, fôlegos emparelhados.

Minha coxa esquerda envolve os teus rins e por um instante vem a sensação irresistível de enlouquecer, a certeza de que o mundo poderia se quebrar sem problemas. Um exército que entrasse pela porta, uma parede a ruir, um míssil bem ao lado, nada, nada me faria te soltar antes do ápice, dos vinte metros furando nuvens, a trajetória num grito parabólico — e além.

A noite chega através das persianas que se acinzentam, põem teu rosto desfocado, como se tudo se misturasse às sombras, eu também me tornando parda, só distinguível nos contornos. Ouço o búzio da tua respiração, Caio, água e vento nesta calma que é estar deitada em teu peito, ouvindo o coração, bicho secreto no casulo do corpo. Eu me estendo por essa maciez morna.

Se houvesse mais luz, poderia conhecer tuas cicatrizes, o caimento dos pelos, os sinais — pontinhos escuros ou rubis porejando como joias, ali onde um feixe minúsculo de sangue se estrangulou na forma de uma gota rígida: teu sangue, que eu descobriria como se fosse um grão de areia, um pólen.

A chuva entretanto parou. Alguém abre o portão da casa, chapinha sobre uma poça e passa, com barulho de sandálias, no corredor. É um colega solitário, que se trancou no banheiro e começa a cantarolar — mas logo virão os outros, conhecidos ou convidados criando uma festa improvisada. Não sinto ânimo para encontrá-los, sorrir entre gargalos de cerveja, bitucas, chapéus de sambista. Basta que me descole do teu peito para te acordar; procuro as roupas largadas pelo chão, apresso-me na despedida.

Somente quando chego ao espigão na Beira-Mar percebo que talvez tenha sido grosseira. Mas não é hora para remorsos: paro um pouco na areia, tentando distinguir a musculação escura das ondas. Escuto o seu fragor de tempestade e depois o sibilo de serpente. Então — assim como se deve descobrir a cabeça ao entrar em igrejas — eu solto o cabelo diante do mar. Preciso sentir que uma parte do meu corpo se prolonga, descontrolada e flexível, e dança, independente do resto.

Eu me esforço para não sair daqui, não me deslocar em pensamento de volta à viagem. Em certo trecho o mar parece um plástico, um papel celofane crepitante. Antes da formação desses rolos de escuma, cada camada que engrossa nessa dobra de borbulhas perto da margem parece feita por uma série de mãos brancas, mãos crispadas, dorsos de mãos com dedos curvos querendo cavar, caminhar como garras apressadas até se dissolverem num simples movimento ondulatório, tão parecido com a ideia de um corpo sob lençóis.

O mar é barroco. Está o tempo todo em crispações, vértices

que se insinuam, multiplicados na superfície. Não se pode acompanhar nenhuma dessas sugestões de onda; de imediato outra nos captura o olhar, e depois outra. São todas simultâneas e, entretanto, independentes — mas é incrível como essas convulsões passam uma ideia de paz, apenas por serem repetidas, intermináveis.

A espuma das ondas puxa a memória. Torno à lavanderia em Liège, às roupas convulsionando dentro das máquinas de um jeito tão parecido com os pensamentos na minha cabeça.

O cheiro da maresia imita o do sabão que impregnou minha calça comprida. No trem para a Bélgica, o olfato pairava como uma aura em torno das minhas pernas, e persistiu por uns dois ou três dias mais. Étienne tinha lavado aquela calça enquanto eu me banhava, e então, apesar de indignada, nem captei que isso foi um tipo de violência. Só fui entender tudo no metrô, quando ele gritou com a funcionária negra que controlava os bilhetes: "Vous êtes de parasites!".

O grito ressoou por amplificadores que disparei em mim mesma. Étienne abria a boca para cima, à maneira dos homens que praguejam em estádios, o queixo levantado e o dedo cheio de autoritarismo. A funcionária alargou os olhos e a boca, a mão estendida para pegar o bilhete que ele ainda poderia entregar. Um segundo antes, eu havia recebido o meu de volta e tinha avançado na fila, deixando Étienne para trás. As pessoas se viravam para ver o escândalo, mas continuavam andando. "Parasites!", tornei a ouvir, e percebi que muita gente corria para o veículo que apitava.

Eu me incorporei ao fluxo. Fugi, entrando no primeiro vagão livre, e as portas imediatamente se fecharam. Banhistas, nadadores, praticantes de slackline estavam todos em idêntica situação: com a distância, pareciam flutuar em horizontes móveis.

Uma criança agora passa batendo palmas: "O sol-se-pôr! Eu

adoro o sol-se-pôr!". Não há como resistir a um impulso pagão de celebrar esse disco que desce — e com sua descida encerra o tempo. Os postes, com o rápido anoitecer, viram ranhuras finíssimas, desenho em ponta-seca. Controlo os chicotes do cabelo: preso num rabo de cavalo, ele deixa de ser medusa livre, volta à condição de adorno.

Acho que me submeti porque a ideia era sedutora.

O amor entre uma artista e um matemático. Um novo encontro, no dia seguinte àquele em que o conheci, pedindo informação na rua — e, para além da coincidência de perguntar o caminho justamente para quem ia ao endereço que eu buscava, houve a mágica do reencontro, dessa vez bem distante do instituto. Perto da Torre Eiffel, eu, que poderia andar contemplando os edifícios, pouco interessada na fisionomia dos parisienses, ao contrário, olhava cada rosto como um elemento da cidade. E então o vi, apressado como quem repete instruções — caminhando com passos tão largos que bastaria eu contar até cinco para perdê-lo de vista —, de repente parou, estremecendo com o meu grito:

"Étienne!"

E, quando se virou, ainda tinha a expressão zangada do incômodo. Notei como ela se desfazia, os músculos relaxando, expandindo no sorriso cortado por pessoas que atravessavam o seu caminho, bifurcando-se em destinos tão impenetráveis quanto o nosso. Permaneci parada, dando um tchauzinho a que ele correspondeu com gestos enfáticos, a palma aberta pedindo que eu esperasse enquanto se desvencilhava dos transeuntes, esbarrava em braços e quadris, avançando de volta a mim:

"Você não imagina a chance mínima que tínhamos de nos ver de novo, numa cidade com este número de habitantes!"

Supus que ele fazia cálculos, logo me daria a resposta precisa — mas não estava interessada. Naquele momento, inclusive, sequer pensei num desfecho romântico; tinha meramente seguido o impulso de cumprimentá-lo. Queria continuar meu caminho em direção à torre, mas ele impediu: devíamos tomar um café juntos, celebrar a lei dos acasos!

Foi assim que o vi tirar o casaco para com ele cobrir o espaldar da cadeira. Reparei em sua camisa de lã, ouvi suas histórias e comecei a achar tudo instigante. Quando nos beijamos, ao fim de quatro horas de conversa, eu aceitara passar os dias restantes da viagem na casa de Étienne.

Ele me acompanhou ao hostel, para que eu pegasse a mala — e lembro que senti um indício estranho quando, querendo abrir a porta para que eu passasse, Étienne puxou a manga do casaco sobre a mão, usando-a como um lenço para tocar na maçaneta. Pouco tempo antes, no café, ele havia estendido um guardanapo para que eu segurasse um biscoito. Praticamente enfiara o guardanapo entre os meus dedos que já avançavam sobre o pires.

Pegamos um ônibus de volta ao Trocadéro, e durante o trajeto Étienne apenas se equilibrou nas próprias pernas, sem tocar em nada, oscilando como um boneco de molas. Quando finalmente chegamos à Rue Mony, subimos os degraus até o primeiro andar de um edifício cinza. Percebi como o suor porejava na testa dele, entre os arrepiados fios lisos.

"Não encoste em nada", ele disse. "Vá direto ao banheiro lavar as mãos." Obedeci, aturdida pelo homem ansioso que me conduziu ao último aposento: um local de azulejos brancos faiscando como madrepérola.

2.

Os dois entraram no escritório juntos, mas só pude perceber a mulher minutos depois, quando o corpo do homem deu espaço à sua figura, e até nessa hora foi difícil reparar nela, porque embora a ruiva deslizasse para o lado, no seu vestido branco metálico, o homem falava tão alto, com gestos de indicador vibrátil, que era impossível não se concentrar nele. As palavras de praxe — *absurdo, processo, vai me pagar caro* — se acumulavam na sua boca, e achei que ele fosse despejar toda a história na sua companheira.

A ruiva apesar de tudo fazia como se ele não estivesse ali. Sentou numa das poltronas, abriu uma revista de decoração, e no instante em que cruzou as pernas o homem percebeu que a plateia definitivamente lhe fugia. Foi quando se virou para mim, mantendo o tom de exigências. Citou o nome de um dos advogados — justo o nome, sem cumprimentos, sem bom-dia: como se comandasse um sanduíche num balcão de lanchonete, e ainda assim nunca se é tão imperioso.

Eu interfonei para a sala adequada, e então a cidade começou a ser destruída. Enquanto esperava que alguém atendesse a linha, espiei o homem em largas passadas entre a mesinha de café e o conjunto de poltronas, e foi aí que tive a certeza. Lá fora, um atentado de proporções incalculáveis ocorria. O homem usava cinto e suspensórios (o cúmulo da insegurança, diria um humorista) —, mas falseava o temperamento aflito com a voz tonitruante e um ventre a rodeá-lo como se ele andasse metido num barril. Expliquei que o advogado devia estar em reunião. O homem gesticulava furioso, como se também visse, tão nitidamente quanto eu, os muros torcidos deixando à mostra ferros, gravetos fumegando sua verticalidade em meio a ruínas de buracos, crateras, o asfalto desfeito em pedras engolidas por túneis repentinos.

Há feirantes mortos nos degraus da Sé, caídos entre redes coloridas e mantas para sofá, chapéus de palha e toalhas bordadas. Por todo o centro de Fortaleza, encontram-se vítimas com suas sombras gelatinosas, vestígios de fumaça, e aquele silêncio — o mesmo que vem após o sexo — pairando sobre o mundo, exceto aqui, no escritório.

Continuo com a imaginação varrida para outro bairro, à maneira de uma câmera veloz, um drone mental. Um incêndio fulminante engole pilhas de documentos no fórum, destrói o prédio quase inteiro. No dia seguinte, uma cratera será o monumento a esse tipo de gente que desfila de toga. Baratinhas talvez corram ágeis pelas cinzas dos recepcionistas e juízes, agora misturados à resina, à matéria plástica de suas pastas, à sombra pegajosa de cada carimbo.

Um pó embaça o céu, criando miopias persistentes. As pessoas se movem nubladas como fantasmas; os terroristas atacaram vários locais da cidade, mas não todos, é claro. No mar, por exemplo, os pescadores continuam em jangadas tranquilas, e no calçadão passeia a gente normal de sempre, se bem que aos poucos todos ficam sabendo do horror. Os celulares vibram, anunciam o bizarro acontecido e começa a dispersão, cada um se apressa, segura o telefone como se fosse uma tocha ou um roteiro de instruções, um robô a insuflar comandos. Apavore-se.

    O homem voltou para a mulher sentada, na tentativa de fazê-la ouvir seus protestos. Em resposta, um folhear de páginas de revista, a cabeça em varredura veloz. Os destroços da cidade começam a ser filmados por helicópteros; Caio estaria preparando reportagens com os olhos imensos e as mãos trêmulas, o tipo de sensação que só depois se vai analisar e rever, pensando: "Como é que pude? Como consegui, naquelas condições?".

    Mas o interfone toca, devolve minha chamada. O advogado vai atender: não estava antes na sala, apenas uma ida ao banheiro, conforme adivinhei. Tinha usado a palavra *reunião* com um dos muitos sentidos que ela pode absorver — e não precisei explicar nada; disse "Sala 7" para o homem que já empurrava a porta, avançando a barriga pelo corredor. A mulher se atrasou um tantinho, o tempo de pousar a revista com um suspiro, ajeitar os reflexos metálicos sobre os seios. Em seguida desapareceu, numa ondulação de fios vermelhos.

    Uma peruca daquele tamanho custaria quase duzentos euros. Mas talvez fosse o próprio cabelo da mulher, tingido — afinal, não estávamos em Liège. Minha temporada nessa cidade não foi o suficiente para eu descobrir por que havia tantas lojas de peruca, praticamente uma por quarteirão. Elas pareciam um convite para o meu desejo de disfarce. Tendo escapado de Paris, e ali, diante das vitrines com tantas cabeças postiças, de repente senti o ímpeto de fuga se sofisticar. Lembro que me condicionei a caminhar na direção oposta, atravessando calçadas para ficar distante das lojas. Não podia gastar dinheiro com coisas supérfluas, era a minha desculpa. No fundo, sabia que o cabelo seria a primeira concessão rumo à loucura. Depois viriam roupas estranhas, unhas postiças, cirurgias plásticas.

A cidade fumega seus destroços. Dentro do escritório, tudo permanece intacto. Eu demoro a pensar — quando foi que fiquei paralisada? —, mas em seguida faço o gesto óbvio de abrir um site de busca, no computador à minha frente. Nas notícias de última hora, nada se refere a tragédias em Fortaleza. Não é o caso de respirar aliviada, porque aquilo realmente aconteceu. Numa dimensão, vá lá, imaginária, mas quem dirá que por isso é nula a sua consequência?

Resolvo antecipar o horário de almoço. Por meia hora, escapo da fila no self-service, as lentas colheradas no prato, com pessoas parecendo desfilar entre as panelas, espiando cuidadosas o seu conteúdo, quem sabe fazendo cálculos: calorias, carboidratos, proteínas, como se uma boa dieta garantisse a vida — esse puro ato de desperdício.

Às onze e quinze, quase ninguém comparece ao restaurante que fica a dois quarteirões do escritório — mas o cenário muda por completo em poucos minutos, e, como se não bastasse o fervilhar de gente ocupando os dois andares, há a lotação acústica. Um zumbido cheio, criado pela conversa simultânea, risos, gritos de chamado à garçonete, arrastar de cadeiras, crianças chorando.

No Chez Les Vieux, as grandes janelas de vidro mostravam uma série de prédios cinzentos — e aqui tenho janelões semelhantes, com o fumê atenuando o brilho branco do muro em frente, de um laboratório de exames. Sangue, fezes, urina: o avesso do que se passa deste lado da rua, onde almoço ignorando uma contaminação por resíduos ou pelo ar. A paz do restaurante deserto me faz comer bem, embora eu saiba que meu celular, silenciado dentro da bolsa, deve acumular chamadas de Igor, exercendo seu hesitante poder de chefia para saber por que abandonei a recepção antes da hora prevista.

No laboratório, as atendentes devem ser muito mais sutis do que eu. Falam baixo, anotando os dados sobre remédios comprometedores, datas de ciclos menstruais, tempo de jejum. E entregam os frascos de coleta com toda a discrição. Tiram os recipientes de uma gaveta e os passam em atitude secreta, evitando olhar os clientes para que ninguém as acuse de estarem supondo a cena, o momento aviltante em que a substância entrará ali, no minipote estéril.

Aquele era o pudor civilizado. O frenesi higiênico que conheci com Étienne.

3.

Já considero familiar esse cheiro de argila. Um odor sutil de aquário, um levíssimo perfume de pântano — e, para senti-lo, é preciso aproximar o nariz da massa. A textura é gosmenta, mistura de água e musgo enquanto é sovada. Depois vira uma espécie de massa de modelar. Mas é durante a sova que relaxo. Paradoxalmente vou descansando no esforço de revirar o bolo escuro, primeiro tão úmido e frio, deixando trilhas no plástico de proteção sobre a mesa. As mãos vão e voltam na gangorra do movimento, a argila se fazendo mais densa, mais seca, a resistência da matéria se encrespando. Um dedo afundado indica o ponto certo. A escultura pode começar.

Fiz quinze estátuas priápicas, a maioria nesses últimos dias, quando decidi que não voltaria ao escritório. Comecei a oitava logo após o almoço que foi a ruptura com meu expediente. Nem planejava uma demissão de imediato; simplesmente tive o desejo de voltar para casa e me sujar, trabalhar com algo que não fosse papelada, algo que fizesse sentido para mim. Depois, à medida que meu telefone vibrava no modo reunião, acusando as chamadas de Igor na postura de chefe preocupado ou furioso, eu me dava conta do cansaço. Uma exaustão à ideia de me explicar. Inventar uma desculpa. Ou, ao contrário, admitir a verdade e posar de funcionária volúvel, carimbada com ressalvas. Eu preferia desaparecer — mais uma vez extrair-me do mundo, como na época do término com Z.

Na verdade, só de pensar no escritório eu enjoava. Havia um estofado azul, outro marrom, um tapete crespo. E o espaço na recepção ultrapassava o do meu apartamento inteiro. Náusea com os quadros geométricos na parede, a mesa baixa redonda, ostentando uma réplica d'*O pensador* em mármore branco, menor do que o vaso de plantas em cima do livro *Aves do Brasil*. Havia também revistas semanais sobre economia, fofoca, design — tudo o que pudesse entreter o cliente à espera — porque *sempre* havia uma espera.

O advogado ficava diante do computador pelo menos quinze minutos, antes de aparecer, entre esbaforido e confiante, insuflando o efeito psicológico infalível: o cliente acharia o profissional a um tempo ocupado e gentil, combinação básica para inspirar o desejo dos contratos, a disputa pelo serviço, que — como o ambiente de luxo sugeria no inconsciente — era um diferencial sedutor. A estratégia, entretanto, não era adotada com empresários, políticos ou qualquer tipo de cliente poderoso.

Em determinado momento (anunciado por uma luzinha piscando em certa parte do balcão) eu devia abrir uma porta e apontar, com gestos de anúncio teatral, a escada em inox no alto da qual se via uma funcionária disposta a caminhar à frente do cliente por um curto corredor, como se na ausência daquela guia não fosse possível encontrar a sala correta. Havia muitas, é verdade — mas todas identificadas por uma placa —, e no corredor, para aplacar a brancura, fotos de mais esculturas de Rodin azulavam pela claridade.

Outro *Pensador*, *O beijo*, *As mãos*... e o engraçado era que Igor jamais me falara sobre essa predileção pelo artista. Nem quando planejei ir a Paris ele comentou sobre o museu, os jardins cheios das obras em bronze. Entretanto devia ter ido lá, comprado as imagens na loja de souvenirs... a não ser que fosse tudo escolha de um decorador, alguém que elencava artigos de bom-tom motivado por pesquisas e moda. Na realidade, devia ter sido mesmo um decorador, pensei agora, examinando as unhas que ficaram com pedaços de barro.

Não me importava que, três meses após o retorno de uma viagem que a maioria das pessoas podia classificar como extravagante, eu realmente estivesse sem dinheiro. Se pretendia abandonar o emprego no escritório, as coisas ficariam piores. Uma alternativa — disse Alícia, quando telefonei para dar uma satisfação mínima — seria morar com meus pais, no Cariri. Lógico que tarjei a hipótese com imediatas plaquetas mentais de "Rejeito" e "Prefiro a morte". Respondi que antes viraria mochileira, vagando pelas estradas do país — ou talvez fosse morar numa barraca de camping em Jericoacoara.

Alícia insistiu na ideia, mas eu já não escutava. Ela nunca dramatizara suas próprias relações familiares, fosse por falta de percepção ou fantasia. Posava de filha perfeita no lar pacífico, e ao longo do tempo deve ter acreditado nisso. O resultado ali estava, representado por sua vida no outro lado do telefone e quase — praticamente — no outro lado da rua, mas tão diferente do meu estilo.

Ela nunca poderia ser mochileira. E também não teria ido a Paris da maneira como fui. Nem passaria pela sua cabeça envolver-se com um desconhecido, ainda que estivesse solteira e disposta a algum tipo de vingança contra uma relação anterior. A sua lista de receios seria muito forte, imperiosa a ponto de comandar cada uma de suas atitudes. Para começar, era um perigo pedir informação a estranhos. Existiam mapas, postos turísticos, taxistas, atendentes de lojas: uma variedade de opções mais ou menos oficiais e, principalmente, *seguras*.

Alícia nunca teria abordado Étienne, nem aceitado sua simpatia suspeita. Como consequência, nada de fuga para a Bélgica, sugerida por uma segunda pessoa reencontrada ao acaso. E — óbvio — impossível a hospedagem na casa da irmã de um cadavernato, a vendedora de chapéus que também fora tão irresponsavelmente generosa no acolhimento.

A viagem de Alícia seria uma sequência de fotos previsíveis nos locais planejados: a sensação de bem-estar após a realização de um plano. Nenhum frio na barriga — nem mesmo por causa dos atentados. Ela não programara andar pelos locais onde a tragédia aconteceu; logo, arriscou-se tanto quanto se estivesse numa cidade vizinha. E o seu retorno da França teria acontecido sem incidentes ou incômodos, porque não havia necessidades para além das estipuladas. Sua viagem aconteceu, consumiu-se, ficou numa breve memória e — pluf! — dali a um tempo estaria tão enterrada nas impressões que só lhe restaria repetir tudo, com discretas variações de percurso.

Enquanto ela argumentava que os pais são amigos para toda a vida, os mais íntimos que teremos — e reparei no absoluto delírio que essa frase continha, afastando um pouco o telefone para não me afetar por tamanho equívoco —, pensei que Alícia nem teria feito um diário de viagem. Ou qualquer espécie de diário. Ela era pobre de anotações; não sentia ímpeto de fixar impressões, pensamentos, dúvidas. Talvez não tivesse dentro de si nenhum tumulto, somente frases tendenciosas, slogans para uma existência feliz, pílulas de sabedoria.

"Você está enganada. Pais são uma coisa; amigos, outra", falei, e me despedi com pressa brutal, porque sentia a urgência de revirar minha bolsa, constatar se estava ali, se não havia perdido — a caderneta onde fizera meus relatos, o Cahier Belge, como eu o chamara no título manuscrito em tinta preta sobre capa bege. Era um trocadilho: belge — bege, eu percebia, ao encontrá-lo com um sorriso, como quem acha uma foto ou a própria carteira de identidade desaparecida.

4.

Após a minha fuga, eu estava cansada de indivíduos. Queria objetos, o conforto da sua mudez e imobilidade. Então, na primeira chance me infiltrei num local tranquilo. O Museu da Vida Valônia tinha muitas salas vazias. Ainda assim eu anotei, na minha compulsão de pesquisa, a respeito das *marionnettes liégeoises*:

> Não apenas Tchantchès e Nanesse, mas vários personagens (retirados inclusive da Bibliothèque Bleue, como Amadis e Charlemagne) deram prestígio às oficinas de François Bouchat.

A sensação de bricolagem, de uma coleção meio desordenada, voltou com a leitura daqueles apontamentos esparsos:

> Uma vitrine com equipamentos de detetive do século XIX. Uma "câmera espiã" disfarçada num relógio de algibeira.

> Ilustrações sobre a maneira como cães e cabras puxavam charretes com mantimentos, na mesma época.

Um grisoumètre (instrumento usado para medir o "grisou", um tipo de gás tóxico presente nas minas de carvão).

Uma guilhotina autêntica motivando um texto sobre a pena capital (o argumento mais enfático foi a cabeça mumificada de Rahier, o último guilhotinado em Liège, no ano de 1824! A cabeça está exposta, ressecada como se feita de papel machê, mas ainda assim terrível).

Observação da legenda: o ofício de carrasco era passado de pai para filho, mas a partir de determinada data o carrasco já não matava ninguém, tendo somente como dever de ofício afixar pela cidade os cartazes que anunciavam dia e hora da execução (e quem, nesse momento, acionava a guilhotina? Fiquei sem saber).

Um croqui inacabado de uma igreja me lembra, duas páginas além, que visitei a Catedral no mesmo dia. Vi o seu respectivo *trésor*.

Os tesouros, na verdade no plural, eram dois: um relicário de Charles le Téméraire (com um dedo de Saint-Lambert dentro) e um grande busto em ouro do santo, contendo o crânio rachado que fez a fama do seu martírio. Outras obras, pinturas, tapeçarias e peças ritualísticas, mas nenhuma muito impressionante além dessas duas.

O domingo, 15 de novembro, é o único marcado com a data. O texto é sucinto:

Mercado de la Batte, ao longo do Meuse. Missa na Saint Barthélemy, com um coro armênio. Concerto de sinos na praça. Só há velhos nesta cidade.

Mas também houve terroristas. Em 2011, aconteceu um massacre ao lado do Archéoforum. A matança de Liège: era como se dizia. Em 13 de dezembro daquele ano, o criminoso Nordine Amrani disparou seu fuzil contra as pessoas na parada de ônibus. Anotei o nome dos mortos, na placa de homenagem que fica no local:

Mehdi Nathan Belhadj, Claudette Derimier, Pierre Gérouville, Laurent Kremer, Gabriel Leblond, Antonietta Racano — levados sob o golpe de uma violência insana.

Assim estava escrito.
Precisava contar para o Caio.
Mas hoje não.

5.

À medida que folheio a caderneta, vou reparando nos detalhes da letra, a tinta borrada em algum canto, as linhas rápidas dos desenhos, a cor do papel, que parece inconstante — e minhas próprias mãos, que passam as páginas e param, como se impusessem sua personalidade. Elas sempre me pareceram objetos tão eróticos que acho estranho o fato de exibi-las frequentemente. O toque direto, os dedos — que às vezes são como bilros, teclas, instrumentos — instauram a intimidade, e há fagulhas, reiki, vibrações — chamem do que quiserem — a se desprender. A palma é o destino; o dorso é a camuflagem, na textura da pele, no rabisco das veias.

A mão invade, é nosso instrumento de exploração. Com os dedos, ingresso no meu corpo pela boca, exatamente como, na infância, entrei num monstruoso boneco inflável para a lição de anatomia. A língua era um tapete áspero.

"Papilas", me explicaram, e eu repeti "Papoulas". Os dentes nos rodeavam como lápides, e mais adiante havia a gruta — o acesso ao organismo — com a evidente campainha que um visitante educado deveria tocar. "Mas não", ouvi dizerem, a úvula não servia para essa função. Em casa abri muito a boca (até hoje abro) para espiar a lágrima vermelha, minha única estalactite.

As mãos da anã no Sexodrome eram gorduchas. Eu só as vi rapidamente, mas tive que responder a Étienne se as unhas estavam pintadas ou não. Ele me esperava na calçada da loja e parecia ansioso para que eu dissesse algo sobre a vendedora.

"Ela sempre te atende? Foi por isso que você não quis entrar comigo?", quis saber. Ele fechou a cara: nada disso, queria me deixar à vontade para escolher o que me agradasse.

"Mas eu fui escolher o que você pediu", respondi, e ele saiu andando.

"O modelo é da sua escolha e para o seu uso", falou, sem pedir para ver o vibrador.

Seguimos até a estação. O plano era voltar para a casa dele, mas então aconteceu o escândalo no metrô. Fugi de Étienne por impulso — e já no começo da fuga eu juntava as pistas para concluir: sua obsessão por limpeza escondia várias nuances.

Ele devia frequentar o sex shop não apenas para comprar brinquedinhos, mas para ver a pequena mulher. Aliás, os clientes podiam fazer assim: trancados nas cabines com cortina vermelha para supostamente conferir um vídeo explícito, na verdade espiavam pela brecha a anã desfilando entre artigos pornôs, com um sorriso ultramaquiado. Se demoravam além do tempo permitido, ela vinha avisá-los — e então talvez Étienne lhe pedisse que usasse os dedinhos com esmalte roxo.

Mas as mãos gritam também. Crispam-se. Têm sintomas: relaxam, viram pinças quebradiças, ansiosas ou tamborilantes, ou ficam rígidas ao longo do corpo. Há mãos malabaristas, trapezoidais. E outras que são meros tentáculos. As dançarinas indonésias parecem carregar bichos ondulados no extremo dos pulsos — e o contrário são as mãos assassinas, ríspidas, retas. Certa vez vi as mãos de morte que uma cozinheira usou, esticando o pescoço do frango para depois torcê-lo como se fosse um pano. O pescoço era a própria forca, o anzol, o gancho — mas no momento seguinte assumiu a condição de trapo murcho.

As mãos do morto, entrelaçadas num puzzle definitivo. Ou as mutiladas — como na foto dos desastres: a mão de um homem, perdida como uma luva, um sapato arremessado. Caiu como um despojo, voou — numa espécie de koan, produziu o som da única mão batendo no espaço.

Mãos de reza, pontudas, parecendo acender uma vela ou erguer uma árvore diante do peito. E mãos de bebê — absolutamente redondas, emborrachadas como a pele das bonecas. Mãos que viram números e idiomas. Gestos, convites, mudras. As mãos são os melhores símbolos, num inventário orgânico. E eu penso nas de Caio.

Inventei uma quiromancia particular após o sexo, quando ainda havia luz suficiente no quarto e não tínhamos adormecido. Comecei pelas unhas, que eram como fragmentos de conchas, Gaudí pálido. E depois os nós dos dedos, anéis no tronco de uma planta, os cinco ramos dessa copa aberta. Cada falange com suas dobras, a costura visível, exposta nos interstícios.

Os tendões sobressaíam como no mecanismo de um piano, se o indicador ou o anular se levantavam. E os poros criavam desenhos de colmeia, losangos ínfimos a se transformar em estrelas, triângulos, riscos violentos mais perto da curva que antecede a palma — e ali, sim, os traços se expressam no palimpsesto que Alguém escreveu, enigmático, sem crer que um dia nos interessaremos em saber — parar e saber (sobretudo *parar*, condição indispensável).

"Mas eu quero", disse, "conhecer as tuas linhas, a letra eme sugerida, ou serão duas jangadas que se emparelham?"

Caio falou que jangadas carrego eu. Nas mãos dele havia dois picos de montanha.

Eu sorri. "Quero chegar aqui" — apontei — "neste alto."

"Você já está lá", ele respondeu. "Não vê? Já está."

6.

O que eu vi e vivi, Caio — você me pediu na manhã da entrevista no jornal. Mas as experiências indiretas contam, tanto quanto as demais. Na verdade se misturam, não há como separar. No dia 18 de novembro, quando eu desembarcava em Fortaleza, a jovem Hasna morreu no cerco ao prédio em Saint-Denis, minutos após ter gritado "Ele não é meu companheiro!", em resposta a um policial que a interrogava sobre um cúmplice. Sua cabeça rolou para o lado de fora do prédio, com uma explosão. Houve mais de cinco mil balas disparadas.

No dia 22, quando dei por concluída a mudança para este microapartamento, Salah Abdeslam continuava em fuga e teria passado por Liège, a caminho da Alemanha. Mas pouco depois a mídia noticiou o erro — o homem ao volante de uma BMW preta em alta velocidade era o estudante Nicolas, que naquela noite teve a porta de sua casa detonada pelos policiais. Talvez ao mesmo tempo, em Fortaleza, eu descobrisse a obra de Márcia X e por uma irônica associação com Mister Z decidisse esculpir peças priápicas, a partir de um vibrador comprado em Montmartre.

Lucrécia Ramos foi o nome que o jornal citou, junto com o meu testemunho. O que sempre odiei pela sílaba do meio, pela sua crepitação violenta lembrando um grasnado, um crocitar de ave em torno de um espantalho. Tão mais simples se fosse Lúcia. Ou Luísa, Ludmila, qualquer um que não precisasse pronunciar com ímpetos de escarro. Estive a ponto de mentir nesse aspecto, ou de impor uma insistência com o apelido: Lu somente, basta assim.

Mas você me aguardava com o bloco de anotações, na postura tão semelhante à de um policial: "E o que mais? E em seguida?". Esperei que a confissão lhe provocasse um incômodo, o *crec* numa discreta fratura de desarmonia — e atentei para o movimento de seus ombros, Caio, para qualquer fisgada em seu rosto a denunciar a repulsa. Você apenas anotou, profissionalmente neutro — ou quem sabe não tenha se importado. O que para mim era cicatriz, para você não passava de marca-d'água.

Continuei falando. Deveria ter levado para a entrevista o meu próprio caderno de apontamentos, este que agora consulto, com tantos lembretes em texto e desenho. Mas você gostaria de saber que numa segunda-feira de novembro usei pela primeira vez uma lavadora automática? Lavei os lençóis, a toalha e as blusas que Mélanie havia me emprestado. Algumas peças eu tinha comprado em Liège e voltaria com elas, numa pequena mala, ao Brasil. O assunto não tem relevância jornalística, mas para mim foi inesquecível.

Enquanto o serviço secreto belga levantava informações extremamente confidenciais, eu entrava num estabelecimento cheio de máquinas e tive de pedir dicas a um rapaz, o que deve ter lhe parecido bizarro: uma mulher, mais velha que ele, não sabia como lavar as roupas! Mas o fato de ser estrangeira amenizava as coisas. Pelo meu sotaque não completamente identificável, ele podia pensar que eu vinha de um país exótico onde todos se vestem de forma ecológica, biodegradável.

Lembro que anotei aquela hipótese enquanto esperava, sentada numa das cadeiras de plástico em frente às secadoras. *O espaço de uma lavanderia pode ser altamente filosófico*, pontuei. *Às vezes a gente se sente exatamente assim, afogando-se e sendo levada a girar, girar — com um pouco de espuma. Mas depois vem a secadora, que é uma máquina festiva. Lança as peças, arremessadas como num jogo, uma gangorra esférica, se isso pode existir*. E se a memória existe, Caio, e não é somente um modo de fazer ficção, eu direi que ainda pareço viajar. As vitrines deste café onde estamos me levam de volta a um restaurante em Liège. Uma noite passei por ali e através da vidraça notei que o dono enxugava copos enquanto sua esposa lhe falava, abria e fechava a boca como num desenho animado. Havia alguns clientes: um estrato desse público idoso e trêmulo que eu encontrava pela cidade.

Parei para olhar um homem de cabelo branco e óculos vermelhos sentado ao lado da mulher completamente alva. Os dois não conversavam, mas conseguiam levar os guardanapos aos lábios no mesmo instante, sempre juntos a cada vez, como brinquedos de mola, e tudo no restaurante pareceu se repetir pela eternidade.

Enquanto eu fingia dúvidas diante do cardápio escrito numa lousa, um homem gago se esforçava em síncopes vocais, e o garçom lhe adivinhava — ou traduzia — o desejo. Um café? Sim. Com ou sem leite? Mímicas. E mais grisalhos entrando, sentando com lentidão monástica, tossindo à maneira de cumprimento. Em cada mesa havia copos facetados, cor de âmbar, com flores artificiais dentro.

A velhice: como é? Viver sabendo que cada instante de fato é uma despedida, que não se pode planejar os próximos anos?

No Chez Les Vieux, todos ruminavam essa questão, pensavam incessantemente em partidas enquanto davam os passinhos na fila, segurando as bandejas. Levavam recipientes para a sopa da noite, que deviam provar sozinhos, em frente à TV. Mas ali no almoço estavam juntos, penduravam guardanapos nas golas, conversavam assuntos repetidos. E o "Bon appétit" era a saudação mútua, o ritual intransponível.

Todos erguiam a mão dizendo aquelas palavras — todos: o negro que lutou na independência de Angola e falou português comigo, depois de perceber o meu sotaque. Puxava uma perna; podia ser uma ferida de guerra, mas agora pouco importava. "Com o tempo, tudo são marcas", ele disse. O velho alto, com jeito de galã na camisa listrada, no paletó preto, uma elegância empoeirada mas bonita de se ver. A velhinha de coque, que parecia uma menina de olhos arregalados a cada garfada. E sobretudo o velho de Dürer, como pensei — porque ele me lembrou uma gravura do artista, com um nublado cinzento pelo rosto.

O aparelho auditivo penetrava em seu ouvido como se fosse um molusco transparente. E ali no refeitório ele me parecia o mais trágico em seu silêncio, em seu casaco polar, embora ainda fosse outono. Era um dos que andavam com a bandeja como se vencessem uma prova de equilíbrio — mas, ao contrário dos demais, não sorria hesitante em direção à mesa onde um colega esperava, tirando uma touca ou um xale de modo tão delicado como se receasse ferir o tecido.

Nas três vezes em que fui lá, o velho de Dürer sentou-se isolado.

Mas o dono daquele outro restaurante, um italiano de terceira geração, parecia Omar Sharif na juventude. Eu lembrava que o ator tinha morrido meses antes, e quando soube fiquei sentimental de uma forma quase incontrolável. Não conseguia parar de chorar, revendo cenas de *Doutor Jivago* no computador — e Mister Z brigava comigo por causa do horário: tinha que me aprontar para um evento! Vamos lá, maquiagem para disfarçar a vermelhidão do nariz — e onde estava o vestido preto de sempre? "Lu, não me estrague a noite, há muita coisa envolvida, é um casamento de gente poderosa" — e Z pressionava o botão para que Sharif desaparecesse da minha frente, seu queixo anguloso sob o vasto bigode.

Você ficaria revoltado se eu dissesse que na bagagem que me esperava junto à porta da cozinha de Mister Z — no dia em que sua esposa voltou e eu simplesmente fui expulsa, de um jeito que nem os piores inadimplentes merecem —, que nessa bagagem faltava minha câmera profissional. Um esquecimento óbvio, para que ele pudesse me telefonar dias depois. O objeto era uma isca. Eu cortei a ligação, e também não respondi o e-mail em seguida, aliás sequer abri a mensagem. Joguei direto na lixeira, quando vi o nome dele e o assunto: "Perdão".

Z insistiu por semanas. Passou para um tom agressivo, cobrando os álbuns que eu devia entregar. Falava em responsabilidade com os clientes, ameaçava com processos. Bloquear o número não adiantou; ele enviava mensagem de telefones diferentes. Troquei o chip do meu celular na mesma tarde em que comprei o bilhete aéreo. Àquela altura, eu tinha convicção de que minha câmera não existia mais. Mister Z teria deixado as lentes expostas, sem proteção diante da maresia, no seu escritório falso à Beira-Mar.

Sinto certa curiosidade mórbida por rever esse equipamento, saber até que ponto ele foi danificado. Fazer testes, ver como o estrago poderia resultar em efeitos. Mas claro que não terei essa oportunidade. Não vale a pena contatar Mister Z, nenhum motivo compensaria. Agora, com a ideia de trabalhar para o jornal, planejo comprar uma nova câmera pela internet, parcelada.

7.

"Você tem certeza de que é uma boa?", começou Alícia. "O mercado deve ser bem competitivo."

Ela enfiava o peito na boca do pequeno Antônio, amassando as laterais como se afofasse um travesseiro, branco e com finíssimas estrias azuladas.

"Não estou pensando nisso", admiti. "Só quero voltar a fazer o que sei."

Pela janela, o tempo está cinza, quase tanto quanto em Liège. Eu me concentro nessa paisagem deprimente para não olhar o peito vermelho em forma de pétala, o bico esmagado como se fosse uma língua entrando na boca de Antônio, um músculo, uma coisa borrachuda. Sem perceber, fechei os olhos. É uma defesa a mais, um meio de me proteger — mas o mundo continua pelos ouvidos. Ouço um ruído como passo de cavalo, cloc-cloc--cloc, castanholas imitando os séculos.

Numa calçada distante, meses atrás, vi o que imaginava acontecer só nos filmes: uma mulher que, andando ao lado de um homem, subitamente parou e levantou a perna para que ele beijasse sua bota. A perna esticada, tão longa na meia preta sob o vestido, paralisava um balé em pleno centro da cidade, um código amoroso de performance e submissão. O beijo deve ter durado um minuto inteiro; ela manteve a perna no alto sem um tremor. Depois, baixou-a, deram-se as mãos e voltaram a andar, a mulher fazendo o mesmo barulho de uma égua cruzando a noite medieval.

Mas agora o barulho é produzido por Alícia, que cruza a sala usando salto alto. "Amamentar não é desculpa para desleixo", eu a ouvi dizer como resposta a uma expressão de espanto que devo ter ativado. Na própria casa, pensei. Maquiada, com as unhas coloridas, e o bebê como um adorno que se leva para o quarto, um bibelô dentre tantos espanados pela empregada. E além dela há uma cozinheira. E uma babá, prometida para a semana que vem. Isso também aparece nos filmes, mas naqueles monótonos.

Eu me levanto, enquanto ela não volta do quarto. Farei uma despedida apressada, por mais que Alícia insista para que eu fique, espere Igor chegar. Mas o telefone toca, um rabicho de sons estridentes que faz Antônio acordar aos gritos. A empregada sai correndo da cozinha para ajudar, e, enquanto escuto a mescla de choro, acalanto e frases entrecortadas no banheiro onde Alícia se trancou para poder ouvir a ligação, recordo o que senti quando soube de sua gravidez.

A minha melhor amiga, companheira desde a infância, passava para a tal vida adulta responsável, e eu experimentava uma leveza completa. A consciência absolutamente limpa, pelas crianças que jamais comecei a gerar — a satisfação por essas barreiras anticonceptivas que impediram o início de tudo, da carne e da dor. Todas essas possíveis pessoas continuaram na paz informe, na latência perfeita que não se fragmenta, não sofre lapsos nem se sujeita ao tempo. Eu senti, fortemente, que era mãe dessas não-pessoas, desse todo homogêneo (e talvez isso fosse Deus?).

Por outro lado, é possível que minha sensação fosse apenas uma busca de sentido dentre tantas — um esforço para justificar experiências avulsas ou qualquer tipo de escolha. "O caos é abominável. Nós queremos sempre o cosmos" — lembro que disse na entrevista para Caio, sem reparar então na forma como as palavras reverberavam o seu nome.

"E o Antônio?", pergunto, vendo Alícia retornar à sala, mão em garra sobre a testa.

"Dormiu", ela responde, "e meus pais vêm jantar." Repassava mentalmente os mantimentos da casa, pensava em travessas, toalhas de mesa, arranjos florais. Mal retribuiu os meus beijinhos de despedida; fechou a porta antes que o elevador chegasse e eu desse um último tchau.

8.

Toda escultura é um disfarce do oco. Um espaço vazio rodeado de barro.

Quando entro em casa estou decidida a jogar fora minhas peças fálicas. Mas, ao pegar a primeira, resolvo que é melhor guardá-las. Vão ficar enfiadas na bolsa, tudo esquecido num canto até a hora certa. Há um momento propício para a gente se desfazer das coisas, e quase nunca é o exigido pela pressa.

Uma agonia manda que me livre de um objeto; ele se tornou insuportável pela memória que carrega ou pelo uso excessivo. Pois antes do lixo vem a gaveta: envolvo o condenado em panos, preparo às vezes um rótulo para avisar a mim mesma, no futuro, o que está ali embrulhado — não quero uma distração acionando velhos sentimentos. Em alguns casos, o objeto fica dentro de uma caixa ou mala, se for grande. Mas sempre há o tal uso dos tecidos, toalhas ou plástico-bolha, algo que o esconda. Quando após alguns meses eu recordar sua existência mumificada, terei me curado da presença incômoda que ele impunha. Pode ser que deseje vê-lo antes do descarte final, constatando sua aparência nua, livre das associações que o carregavam. Ou talvez ache que aquilo não merece sequer uma olhada: vai para o lixo feito um mistério.

O fato é que, se decido me livrar de algo, nunca mudo de opinião. A *fase escondida* é uma transição para mim, não para o objeto. Mas quem sabe (sim, é provável) ele se beneficie da quarentena, expurgando toda a carga que lhe lancei. Quando for encontrado por alguém, irá como um objeto novo, sem energias pesadas.

No caso dessas esculturas, duvido que pareçam úteis a quem quer que seja. No máximo, provocarão risos — ou quem sabe os meninos do aterro sanitário improvisem espadas, sabres a se esfarelar no primeiro embate. Não importa. A bolsa em que meto agora as peças serve de ventre e urna funerária, num tipo simultâneo semelhante à mãe de Jean. E, assim como depois do nascimento o corpo foi desligado, descartado, decido que a bolsa irá junto, invólucro e conteúdo pelo idêntico destino, daqui a alguns meses. Por enquanto, o que ela continha fica exposto sobre a cama. A mochila vermelha (onde a meti?) será parte do meu visual, e talvez corte o cabelo ou faça uma tatuagem para retomar (aqui, no alto do armário) a função de fotógrafa (está com um rasgão), mas dessa feita será uma experiência criativa (ora, dane-se!), uma experiência como a vida inteira quis mas nunca ousei.

9.

Saio para uma caminhada até a Beira-Mar, a câmera disfarçada dentro de uma sacola de supermercado, para evitar assaltos. Já faz dias que desço pela minha rua nesse horário e diminuo o ritmo por causa da velhinha que parece um espanto branco, a cada vez que passo diante de sua casa. Lá está ela, toda clara, cabelo e camisola em tom algodoado, a pele numa alvura complementar.

Nunca nos falamos no breve instante em que existimos uma diante da outra, um segundo ou dois no máximo, o tempo das minhas passadas que avançam diante do seu jardim por trás das grades, onde ela parece esperar — o quê? Que as horas avancem. Ou não, ao contrário: que cada hora passe igual à anterior, suspensa no tédio, porque talvez isso seja a imortalidade.

No espigão da João Cordeiro, fotografei uma jovem que caminhava, levando uma prancha de cor laranja. Ela chegou à metade do lugar, viu que era impossível saltar dali, por causa das pedras. Mas ficou por um momento parada, assumindo posturas com a prancha oblíqua, quase transformada em violão — e a jovem com o cabelo sobre o rosto, tamborilando na superfície de borracha, aguardava o quê? Logo soube.

Ela acenou para um rapaz longe, diminuto, vindo pelo calçadão. À medida que ele ia se materializando percebi que trazia também uma prancha, mas diferente daquela que a garota usava. A dela era clássica, grande e luminosa, enquanto a dele parecia a porta de um minifreezer. Os dois se encontraram, houve uma troca de palavras. O rapaz entregou uma espiga de milho que a moça se demorou a morder, tão fixa no gesto que por um minuto achei que ela fingia tocar uma gaita. Mas depois eles se afastaram. Lamentei que o jovem tivesse pernas tão magras e, por cima das pernas, uma bermuda excessivamente colorida.

Esqueci o casal e me agachei, para ajustar um foco bem próximo da amurada. Gosto desse trecho em que as pedras têm estrias e se empilham como se fossem ossos de um bicho desmontado. As ondas ficam balançando folhas, canudos, bilhetes ilegíveis num pequeno vaivém que em seguida se desfaz. Planejo fazer uma série com o registro de todas as inscrições que puder encontrar na madeira da ponte. Corações entalhados, declarações de amor ou listas de nomes, desenhos pornográficos, números de telefone, o que ali estiver como sintoma de um desejo antigo — e irresistível — de se expressar.

Fiz algumas imagens, e a câmera entra de novo na sacola. Vou apenas observar as coisas no trecho de volta — e me sentir observada. Porque sempre que ergo a vista para uma janela, surpreendo um vulto em qualquer prédio. Há espiões anônimos, que seguem desconhecidos em suas rotinas urbanas. Imagino obcecados solitários, reservando horas para estudar os hábitos dos transeuntes, acostumando-se a reconhecê-los.

As janelas são variadas. Exibem cortinas, adesivos, flâmulas, jarros com flores ou cactos, grades, toalhas, um gato — mas nenhum rosto nítido. Somente sombras sorrateiras me acompanham nos andares acima. E, além delas, os satélites com sua invisível e constante vigilância.

Eu gostaria de colocar tudo isso num quarto trancado, sob reserva. Numa fase escondida. E faria igual com o meu corpo, antes de, no futuro, descartá-lo.

De volta a casa, anoto no Cahier Belge algo que mais tarde não fará muito sentido, além do ritmo. Do registro da passagem. As palavras são uma forma de escolher o condenado, selecionar o que mais tarde vai ser jogado fora — uma triagem temporária do que passa por mim. Ou de mim própria.

Então, seja para arremeter ou aterrissar, o movimento parece semelhante. O corpo é alavanca: mesmo que não se queira, acontece um balé com as mãos. Pêndulo e golfejo em dança alquebrada. Ocasionais tombos, sons de espada. Manequins, robôs trêmulos, todo o circuito elétrico. Meus dedos unidos na posição de costura. Eletrochoque. Espirais. O peito nu, a máscara. A sombra que me atravessa, a sombra da boca, buraco exposto. O cinza — o cinza me derrete. Tambores me esmigalham. A sombra em gesso e o corpo nu, queimado como uma poça, uma escara.

Mas aos poucos renasço — com uivos, toda uma alcateia para a minha dor. Meu corpo é tábua que flexiono, torço como um trapo. Ando de quatro, meus braços se cruzam como as patas de felinos lentos. Aprendi com os bichos a me erguer, sou de repente aranha. A pele é mera roupa, um adorno. Na ponta dos pés, viro silêncio, as mãos numa regência íntima. Os olhos não se fecham mais nessa orquestração do mundo — fios e cordas, um violoncelo que me suspende, marionete. Como aqueles que arrastam uma perna morta, eu arrasto os pensamentos. São moldes para a vida.

"Você é a Oitava de Mahler, sóis e planetas girando", disse Étienne com o queixo pressionando meu umbigo.

E, quando agarrou minhas coxas como se fosse amassá-las, eu brinquei: "Parece que você está sovando pão".
Ele imediatamente sorriu:
"Estou fazendo a hóstia consagrada."
Essas palavras também, condenadas. E as paisagens — embora os locais não tenham culpa. O encontro na Place Monge. O passeio pelo rio Sena, depois a caminhada até a Place de Furstenberg, que certa vez Aristóteles Onassis definiu como o lugar mais belo do mundo. Bem perto, a Passage de la Petite Boucherie, onde Étienne contou que, muito jovem e na companhia de uns colegas, interferiu na placa. Pintaram algumas letras de preto para transformá-la em Passage de la Petite Chérie.

Entre as Arenas de Lutécia, o Panteão e a Rue Pierre et Marie Curie, Étienne traçou as linhas de um triângulo escaleno fractal.

"Com variáveis aleatórias", disse, tamborilando os dedos. "Aqui se inscrevem as nossas vidas, como uma *mise en abyme* perpétua, em vertiginosa iteração. À semelhança de um triângulo de Sierpiński ou de uma boneca russa, porque ao final ignoramos o que contém o último elemento desse labirinto que, na falta de coisa melhor, chamamos de amor."

Eu estava fascinada por ouvi-lo, debruçado sobre o mapa.

"Porque quando te vi subindo a Rue des Arènes, eu ignorava tudo a respeito do que se tornaria nossa relação. Um campo infinito se abriu diante de nós, com suas flutuações aleatórias e suas rugosidades do destino. Isso só pode ser um fenômeno matemático, e as explicações estão apenas com a geometria divina."

Ele me mostrou a colina de Chaillot, a Porte de la Muette: regiões do Trocadéro que remetem à Paris antiga. Tudo estava pronto para o meu lixo pessoal.

Com uma certa nostalgia, claro.

10.

Quando enfiei as esculturas na bolsa, não admiti no momento, mas em retrospecto admito: uma parte do gesto veio da inveja — mas não a inveja clássica, como se o pênis fosse um totem, uma árvore poderosa a se erguer. Eu somente pensei que uma estrutura daquelas pode ser mais confortável do que um corpo inteiro. Às vezes me sinto pesando demais; a cabeça densa (com a parte óssea e um órgão gelatinoso dentro) parece pesar mais do que o resto. Do pescoço para baixo, sou construída por varetas, simples interseções, feixes, cruzamentos levíssimos — até chegar aos pés, meras plataformas, base de equilíbrio horizontal, tão pouca.

Os falos esculpidos, em sua linha única, têm uma distribuição perfeita. O peso escorre por inteiro.

Principalmente, não têm um bulbo com um cérebro dentro.

Eu lembro que, quando criança, ficava intrigada com a impressão de pertencer a um corpo, que sentia sem que ninguém suspeitasse. Podia por exemplo estar com uma grande dor de cabeça, e apenas eu estava sentindo aquilo! Da mesma forma, podia ter pensamentos próprios — e muitas vezes acho que sorri com malícia para minha mãe, enquanto lhe dizia algo com a mente, esperando que ela escutasse e retribuísse com uma piscadela. Como isso jamais ocorreu, deduzi que todo o território de um corpo é, até certo ponto, fechado e inviolável. Cada pessoa é um mundo à parte. Sobretudo a cabeça.

Mas com o tempo parece que são apagadas essas reflexões em cada um. Não interessa que um indivíduo se veja como exclusivo. É um raciocínio egoísta ou perigoso, ou solitário. Então, criam-se regras sobre como viver — de repente, todos estão se vestindo igual, comendo pratos idênticos e falando insistentes trivialidades. O aparente conforto que essa sensação de irmandade traz esconde uma consequência terrível. No momento em que aprendemos e decoramos as regras, não há mais prazer. Já sabemos o que vamos escutar em tal ambiente, ou que tipo de pessoa com determinada expressão se encontra em certo lugar... Tudo fica enfadonho.

Vejo as pessoas reproduzindo os modelos familiares, engolindo os empregos mais absurdos para pensar no consumo e não na morte, viajando conforme o roteiro da moda e seguindo a mídia como se ela fosse um pastor ou uma sereia. Vejo e penso: "Não sou assim!".

Mas até que ponto?

Sei apenas que a única situação que não me aborrece é quando encontro a surpresa estética, o humor inteligente, as frases raras. Abomino os temas circulantes — quero antes saber dos costumes tribais dos apaches, pensar no vestido que usaria para uma noite de ópera em Viena, ou escutar uma história de gêmeos albinos que se perderam entre os lençóis brancos numa lavanderia. O incomum ou surreal me atrai.

Penso em Jean, cadavernato. Anastasiya, ucraniana foragida. E Mélanie, com seus grandes olhos, gestos largos. Afinal, trago coisas que não compartilho. Basta me acalmar, e estão lá — as ruas estrangeiras. Liège, Lieja, Luik: o refúgio que ela significou para mim. "Cortiça", eu disse para mim mesma, "é o que significa Liège." E a cidade me fez boiar, sim, na espuma confusa daqueles dias.

11.

A flor parece borrada pela inflamação: *sfumato* de sangue sob a película plástica. A perna lateja — mas agora por outro motivo. Dentro de alguns dias, a tatuagem estará cicatrizada. Uma tulipa com seu caule sinuoso e duas folhinhas descendo pela parte interna da panturrilha. Caio a verá logo mais, quando chegar ao meu apartamento.

    Adiantei o café e mastigo umas bolachas. Em cima da mesa, as fotos do portfólio. Sinto uma fisgada. Como se fosse o resultado de um roubo, aquela pilha de rostos, gente catando sucata, empurrando carrinhos cheios de lata, garrafas, às vezes com uma criança se equilibrando em cima, ou um cão. Comecei a praticar fotografia de rua, e sei que isso é um modo de me afastar do meu próprio centro problemático.

    É uma espécie de experiência do exílio — o meu grande desejo oculto.

    Porque eu desejava ter sido, quando criança, levada para um país diferente, com outra língua, algo como o húngaro ou o finlandês. Eu seria obrigada à fluência que só a infância permite, mas em casa falaria o idioma do meu país distante, e isso me uniria de forma específica à família. Na universidade, estaria com um pé na Europa, seria mochileira e boêmia, ligada às artes, aprenderia mais línguas. Talvez me tornasse uma diplomata, versátil em viagens — alguém capaz de dormir sem conforto, com um extremo senso prático. Ou seria uma fotógrafa, mas realmente excêntrica e cercada por amigos esquisitos.

Teria habitado inúmeras cidades, e a cena para resumir minha vida seria: eu andando sob vários casacos, no inverno alemão, por exemplo. Ignoro a paisagem ao redor, que já conheço perfeitamente. Acabei de encerrar o contrato de aluguel no apartamento em que morei nos últimos meses. Minha bagagem está num cofre da estação de trens, esperando. São roupas, câmeras e um computador — não levo livros; li clássicos e contemporâneos, mas em edições descartáveis. Tomei um café na esquina, sem problemas de comunicação: cada língua no meu cérebro é acionada como uma luz, um botão. Agora, acendo o interruptor do português: vou telefonar para meus pais. Eles ainda vivem juntos — em Praga, digamos. Moram numa casa incrível, com dois cães. Minha mãe canta na ópera local, meu pai é um respeitado linguista e tradutor. Tenho uma irmã que se casou e mora em Londres. É professora. Vamos todos nos encontrar em breve para o seu aniversário, e ela levará os meus sobrinhos, que já falam alguma coisa em tcheco.

Tenho certeza de que existe uma mulher vivendo exatamente tudo isso, sem suspeitar que roubou o meu destino.

E agora também acontece isto: meu telefone vibra. O alerta de uma notícia se abre — Salah Abdeslam preso. Rue des Quatre-Vents. Molenbeek. Em seguida, a campainha.

Caio entra repetindo os fatos. Encerrou-se um episódio da história recente. Por minutos remoemos comentários, enchendo e esvaziando xícaras. Depois ele enxerga a pasta com as fotos, passa a folheá-las, elogia duas ou três. Então — estou sentada ao seu lado — ele nota minha perna tatuada. Enrubesce (ou foi impressão?), aproxima os dedos do filme plástico, toca as nervuras daquela membrana, sem acompanhar o desenho da flor.

Enquanto isso, na Europa há pessoas com cara de gesso, o medo petrificando as feições, embranquecendo os lábios. Algumas sentem novamente cheiro de carne exposta, ouvem celulares que tocam sem parar, em meio ao silêncio completo das vítimas — no primeiro momento, vem a estupefação.

O espaço, inclusive, é um corpo imaginário — penso no instante em que Caio me beija. E espontaneamente me animalizo, fico nas posturas mais elásticas, caímos no chão. É preciso um equilíbrio novo, como se buscássemos cenas para um espetáculo. Um teste coreográfico: as mãos de Caio sobre minhas coxas, as unhas com que arranho suas costas — e um deslize, saliva, óleo. Olho a meia face do homem que escondo entre as pernas. Ela termina abaixo do nariz, tem a barba confundida com meus pelos. O movimento é lento e contínuo, o compasso de uma bomba de aquário. Caio ergue a cabeça brilhante. Estou na terra úmida.

Logo mais — saberemos pelos depoimentos — as pessoas vão relembrar os cento e trinta mortos em Paris. Mas por enquanto não há jornais, não há sequer palavras. Caio se acopla em mim. É sempre um volume que traz saciedade: o alimento, o sexo, o teto. Algo existe sobre ou dentro de nós, preenchendo lacunas. Caio acelera. Seus gemidos me excitam, rasgam músculos, abrem feridas. São os gemidos de quem se mutila e descobre, com horror, a parte do membro em frangalhos. Ele suspende o ritmo num rompante.

Estamos no limite entre apoteose e apocalipse.

Deitado ao meu lado, ele alterna os movimentos. Aperta e desliza. Aperta um seio, passeia os dedos pelo ventre. Pressiona um canto do quadril, em seguida relaxa traçando círculos. Desce com as mãos e fala, fala o que acabou de fazer e o que fará. O seu rosto é essa mistura de selvageria ingênua, a barba espessa e os olhos miúdos, e me detenho na barba, toco seus lábios e dentes, me abro para que ele explore ali com a mão. Quero a insistência, a repetição, o ponto fixo muitas e muitas vezes, sem pausa, sem poder parar, várias e várias e várias vezes, e mais e muito, e assim e só, e somente na hora — a porta aberta e a janela, toda escancarada para a paisagem: sou eu.

Meu corpo é uma casa tranquila.

Minutos depois — Caio ainda aqui, ereto. Eu o pego e penso no obelisco de Paris com seus hieróglifos. Ele pede que eu pressione, aperte ao máximo. Comprimo as mensagens sinuosas destas veias, os trajetos que querem romper a pele enquanto escuto de novo os gemidos. Caio, de joelhos diante de mim, balança o tronco dentro do canudo que lhe criei com as mãos, minhas mãos cada vez mais sanguíneas que sentem a pressão aumentar sob elas, e de repente um fluxo desliza da base ao extremo.

É como se um grito prolongado se transformasse em líquido.

Temos um líquido à nossa frente.

Caio largou-se, exausto, no chão. Puxou-me para perto, deixando uma clara de ovos quente espalhada sobre meu peito. Esperei até ela virar uma renda cristalizada na pele.

Quando ele amarrou o cordão dos sapatos, foi como se fizesse um tipo de assinatura veloz — e ali estava escrito o meu nome, Lu no gesto-chicote que logo se transforma em nó e termina redondo com um ajuste de pontas.

Seu telefone já havia chamado duas vezes (na segunda, ele ignorou), e não podia mais adiar a *volta à escravidão*, como dizia: "Ainda há tempo de se arrepender", brincou, agitando o meu portfólio antes de enfiá-lo na mochila, "os fotógrafos também trabalham feito uns loucos."

Falei que era exatamente o que eu queria, ou precisava. Ele então fechou o zíper, pôs a mochila nas costas e — como se fosse parte de um ritual, como se precisasse de outra ação, colocar um chapéu, ou pentear-se, ou estalar os dedos — beijou-me. Depois desceu as escadas do prédio, e corri até a janela para vê-lo.

Ele virou uma figura do tamanho de um lápis. Aguardei que levantasse a cabeça para me acenar, mas em vez disso Caio esqueceu a pressa de chegar ao jornal. Começou a fazer curvas com a bicicleta, pedalando lentamente na rua deserta. Ele deu várias voltas, ergueu a cabeça e sorriu, o rosto franzido pela claridade.

Ali estava o meu homem, como a explosão de uma imagem instantânea que passa tão efêmera quanto a existência, sem importância para os que habitarem o mundo depois de nós. Ele voltou a pedalar, e percebi a marca dos pneus no asfalto, que a bicicleta desenhava: um laço, o símbolo do infinito, a lemniscata. Aquela presença persistiria como uma silhueta sobre o chão. Mas por enquanto Caio continuou fazendo círculos. Eu via o seu sorriso em plena luz, às três da tarde.

Fotoforma, de Geraldo de Barros, 1950.
Acervo Instituto Moreira Salles